FONDS DE TIROIR

Pierre Desproges

# FONDS
# DE TIROIR

*Préface de Renaud*

*Éditions du Seuil*

TEXTE INTÉGRAL

ISBN 978-2-7578-0808-5
(ISBN 2-02-010902-6, 1$^{re}$ publication)

© Éditions du Seuil, avril 1990

Les textes qui composent cet ouvrage sont extraits d'émissions de radio et de télévision, d'articles de presse et d'inédits, principalement des portraits auxquels Pierre Desproges travaillait pour un recueil qui aurait dû s'intituler *J'les connais bien je leur ai touché la main*. Ils ont été choisis par Claudine Derycke, Hélène Desproges et Louis Gardel. Le titre, *Fonds de tiroir*, a été trouvé par Renaud.

Pierre Desproges fut un des premiers à m'initier aux joies du golf. En échange je lui avais promis de l'emmener un jour à la pêche. C'est raté. Les brochets ont eu du bol... Le bougre eût été capable de m'en sortir un de huit livres au premier lancer. J'ai bien fait un « trou-en-un » moi...

Il m'avait convaincu qu'on pouvait trouver certaines satisfactions à taper sur une pauvre petite boule de quatre centimètres de diamètre à l'aide d'un objet contondant de forme bizarre, genre béquille, objet tiré d'un gros sac bien lourd porté par un ami silencieux, admiratif et à bout de souffle, et que la difficulté majeure de ce geste élégant était d'éviter de taper dans la grosse boule de douze mille kilomètres de diamètre posée sous la petite.

Souvent il m'affirmait qu'à certaines heures sur certains greens il y avait une si faible proportion d'êtres humains par rapport au reste de la planète que le taux d'imbéciles au mètre carré devenait presque supportable. De mon côté, quoique je déplorasse que les « hordes populacières » fussent, pour des raisons économiques, privées de la pratique de ce noble sport, j'assumais, avec lunettes noires, cagoule et nom d'emprunt le réel plaisir de marcher près de lui sur le gazon tendre à la recherche de la petite balle perdue. Le mépris du con-de-riche me regardant jouer m'affectait à peu près aussi peu que l'ironie du con-de-pauvre croisé plus tard au bistrot du coin, mes clubs sous le bras.

C'est-à-dire à peine quelques semaines…

Cela le faisait beaucoup rire... Un peu comme lorsque ayant craqué sur sa belle et grosse Mercedes, je lui fis remarquer que mon éducation marxisto-huguenote m'interdisait à jamais de m'offrir un tel véhicule quand bien même pourrais-je acheter l'usine.

Aujourd'hui je roule en Cadillac et vais peut-être me mettre au polo...

Mais je m'égare...

N'allez pas, je vous prie, prendre ce préambule anecdotique pour une façon dissimulée de clamer : « Moi j'étais pote avec Desproges tralalèreu, la preuve : on partageait les mêmes trous ! » Quoique... Vous savez comme moi que l'on tombe facilement dans ce travers consistant à oublier le nom de famille de ceux que nous aimions pour ne plus parler d'eux, disparus, qu'à grands renforts de « mon ami Pierre... Michel me disait que..., et ce brave Georges, etc. ». Ceci afin de faire accroire que nous en étions des proches et qu'ils nous aimaient en retour. Mais quitte à être soupçonné d'y tomber le premier, je ne vois pas en vertu de quelle pudeur injustifiée j'irais cacher l'immense bonheur que j'ai éprouvé ces dernières années, et aujourd'hui encore, à avoir été l'ami de Pierre.

– De Pierre ?...

– Desproges, enfin ! Suivez !

– Ah oui...

Mais je suis injuste. Peut-être ce travers est-il avant tout une façon maladroite de dire : « Si j'avais su que je l'aimais tant je l'aurais aimé davantage. » Quoi qu'il en soit, si Desproges reste plus que jamais vivant (les étoiles, même éteintes, continuent parfois de briller pour des siècles[1]), Pierre lui, pour quelques-uns, nous a bel et bien quittés. Et c'est très chiant (sauf peut-être pour les brochets, je sais je l'ai déjà dit...). Mais, tout bien réfléchi, ayant aimé l'homme autant que l'artiste (et puis son épouse et ses chiens, sa Mercedes et ses filles et son vin), je continuerai donc à l'appeler Pierre Desproges.

Il est malgré tout étonnant de constater au passage qu'il n'est pas toujours de bon ton d'appeler les morts par leur petit nom. Ainsi, Ceausescu liquidé (et je suis poli), n'entendîmes-nous quasiment personne, fût-ce par snobisme, parler de « son ami Nicolae ». Pareil pour Khomeyni, Hitler ou Staline. Même Christine Ockrent qui est sûrement aussi incapable que moi de vous donner le prénom de l'Imam disparu, même Le Pen ou Marchais, quelles qu'aient pu être leurs relations avec Adolf ou Joseph, ne s'aventurent à de telles familiarités. Les journalistes préféreront toujours appeler le « tyran

---

1. Putain c'est beau ! On dirait du Frédéric Mitterrand…

sanguinaire » celui que huit jours plus tôt ils appe-
laient le « président Ceausescu ». Quant aux hommes
politiques, de toute façon, ils ne nous parlent plus
que de De Gaulle. Pierre Desproges d'ailleurs, s'il
avait écrit que « Tous les imbéciles s'appellent
François », ce qui me mettait en rogne, n'était, lui
non plus, pas insensible aux charmes de Charles.
Ce qui m'agaçait prodigieusement.

Vous ai-je dit que Pierre Desproges prenait parfois un malin plaisir à m'agacer prodigieusement ?
Un jour il écrivit un éloge de la tomate et, une jubi-
lation sans pareille illuminant son visage poupin, il
se mit en devoir de me lire à haute et intelligible
voix ce merveilleux petit texte. Le félon connaissait
mon aversion, que dis-je, ma haine farouche pour
ce légume ignoble aux senteurs déplacées, à la tex-
ture veule et à la robe brillant d'un rouge sournois-
limite stalinien. J'eus beau chercher dans l'endive
aux blancheurs délicates des vertus comparables,
voire supérieures à celles qu'il attribuait si généreusement à sa tomate de merde, je dus bien vite
m'avouer vaincu. Le soir même je croqua dans une
tomate et je vomissa.

Mais je digresse...

Revenons à nos prénoms car je me demande sou-
dainement comment ceux qui me détestent aujour-
d'hui m'appelleront demain (si d'aventure le rhume
que je traîne s'avérait bien être le cancer du nez que
je redoute) : Nono ? l'Asticot ? Monsieur Séchan ?
le Verlaine du Verlan ? Bah... Qu'importe ! J'aurai,
je suppose, d'autres chats à fouetter. S'il y a là-haut
des rivières, des terrains de golf et des bistrots où

retrouver Desproges et Vialatte, Brassens et Fallet, Coluche et Reiser, l'éternité promet d'être douce... Même si, pendant ce temps, ma jolie veuve fouille dans mes tiroirs à la recherche de trésors qui n'existent pas.

Et c'est là que je voulais en venir...

Hélène Desproges a eu cette lumineuse et légitime idée, et, pour notre plus grand bonheur, les fonds de tiroir de l'ami Pierrot recelaient des trésors qu'il eût été dommage, voire injuste de ne pas nous livrer, classés ainsi par ordre alphabétique, parce qu'il aimait bien quand c'était bien rangé...

Te souviens-tu, Hélène, lorsque, il y a quelques mois, vivante chanson de Brassens, buvant chez vous son bordeaux 61 en te caressant négligemment et en papotant avec les chiens, ou le contraire plutôt, tu me fis part de ce projet ? Je te répondis, badin, que tu n'aurais qu'à appeler ça « Fonds de tiroir » afin de couper court aux critiques éventuelles des esprits grincheux et de préciser l'origine de ces écrits. Aurais-je pu imaginer, à l'époque, que ces tiroirs s'avéreraient être de tels écrins quand tant d'ouvrages de dessus de table mériteraient juste d'en caler les pieds ?

Aussi, outre l'indicible honneur que tu m'accordes en me proposant de préfacer le « dernier (hélas !) Desproges », je ne te cacherai pas que j'éprouve, ce soir, et si je dis « ce soir » c'est juste pour faire joli car midi sonne à ma montre (ou sonnent à ma montre, s'il était là, le bougre, il me conseillerait), j'éprouve, disais-je, l'inconfortable sentiment d'avoir fait preuve d'une audace à la limite de la prétention en ayant accepté de confier à ma frêle et malhabile plume l'insigne mission de tendre à la sienne, flamboyante et acidulée, l'hommage qu'elle mérite, si je veux je fais des phrases encore plus longues...

Fort heureusement, la certitude que d'aucuns partagent ce sentiment m'énerve suffisamment pour que, nonobstant cette modestie naturelle et cette humilité, dont je me demande moi-même parfois si elle est feinte ou non, je m'attelle aussitôt à la tâche, si ce n'est avec talent, du moins avec cœur, et, à défaut d'avoir la garantie de voir cette préface agréée par le club des amis de Monsieur Cyclopède, du moins avec l'ambition que se dessine, à sa lecture, un sourire de satisfaction sous tes lunettes Hélène. Car Hélène a des lunettes mais elle est jolie quand même...

Renaud.

Si j'en crois mon horoscope, je devrais mourir dans la soirée. C'est con, j'avais pas fini de bêcher mes camélias. Mais bon, c'est la vie : Si vous connaissez une autre issue, faites-moi signe. Ce qui me coûte le plus à l'idée de quitter ce monde, outre bien sûr l'idée intolérable que mes enfants vont rentrer du crématorium en courant pour boire mes saint-émilion, si cela se trouve dans des gobelets fluo et avec des fils d'ouvriers aux cheveux verts, ce qui me coûte le plus, disé-je, avant de digresser dans ma cave, c'est de ne pas pouvoir utiliser toutes les notes que je relevais pour vous depuis des semaines, avec l'idée d'en alimenter mes chroniques. Tenez, j'en ai plein les poches. Autant les sortir, ça n'aiderait pas à l'incinération. Je vous les livre en vrac[2].

Allez... Adieu.

2. Extrait des *Chroniques de la haine ordinaire*. 3 mai 1986.

# Abruti

Je ne vous parlerai point de cul. Je vous parlerai de merde. Plus précisément de la merde de chien d'imbécile qui m'englue l'escarpin et sur laquelle j'ai longuement, totalement, goulûment glissé il y a un instant. Je suis un homme calme et pondéré, élevé dans la religion chrétienne, l'amour des pauvres et le respect des imbéciles, un partisan farouche de la non-violence, un adversaire résolu de l'auto-défense.

Pourtant il est une race de salopards contre lesquels je suis prêt à prendre les armes, j'ai nommé la race des lamentables semeurs de merde canine qui engluent nos rues de la fiente nauséeuse de leurs bâtards obtus, abrutis de Canigou trop gras, crétinisés à mort par l'univers carcéral des grandes cités où ils se cognent en vain le museau, au lieu de courir chier dans les champs comme vous et moi.

A-t-on jamais vu stupidité plus totalement conster-
nante que celle qui brouille le regard de lavabo
douteux du gros mou de petit-bourgeois, bouffi
d'inexpugnable sottise, qui contemple avec une
expression de vache heureuse son cabot transi
occupé à déposer les immondices en plein milieu du
trottoir, les pattes écartées-grotesques, la queue pathé-
tique et frémissante, et l'œil humide de cette inconsolable tristesse qui semble nous dire : « Excuse-moi,
passant, je fais où cet imbécile me dit de faire. Je ne
le fais pas exprès. Si ça ne tenait qu'à moi, j'irais
plus loin, mais lui, cet homo sapiens que tu vois là,
avec ses charentaises, sa tronche obtuse et cette
putain de laisse qui assoit sa domination sur
l'esclave qu'il a voulu que je fusse, ce con s'en fout
que tu glisses sur mes étrons ! S'il m'a pris, moi le
chien, ce n'est pas parce qu'il aime les bêtes, c'est
pour son petit plaisir à lui. Il était ému par la grosse
bouboule de poils dans la vitrine, mais ça ne
l'empêchera pas de m'abandonner au mois d'août !
Il me brime mais je lui tiens chaud aux pieds. Il me
méprise comme il te méprise, toi le passant. Dans
un instant, quand ce crétin m'aura remonté dans son
deux-pièces pour m'enfermer sans espoir dans cette
prison sans air et sans joie, toi tu vas t'offrir trente
secondes de hockey sur merde avec double axel sur
le bitume et révérence dans le caniveau. »

Comment espérer en l'homme ? Peut-on attendre
le moindre élan de solidarité fraternelle chez ce
bipède égocentrique, gorgé de vinasse, rase-bitume
et pousse-à-la-fiente ?

Je ne suis pas partisan du retour à la peine capitale. En revanche, je serais assez partisan d'une application de la peine de merde par l'inauguration de fusil-à-crotte en pleine tronche, réservé aux demeurés crottogènes spécialistes en défécations canines sur trottoir. Ah ! je défaille de plaisir en imaginant le Père Ducon ficelé au peloton d'exécution de ma légitime défense, face à six de ses victimes aux pieds souillés, tous les six armés de six grosses pétoires gorgées de merde grasse.

Ça, c'est de l'autodéfense !

# Amour

L'amour... il y a ceux qui en parlent et il y a ceux qui le font. À partir de quoi il m'apparaît urgent de me taire. Ou bien, alors, parlons de l'amour, mais sur un ton plus noble. Débarrassons-nous pour un temps de l'étouffante enveloppe charnelle où s'ébroue sans répit la bête ignominieuse aux pulsions innommables, dont l'impérieux désir, jamais assouvi, attise de son souffle obscène la flamme sacrée de l'idylle tendre dont il ne reste rien que ce tison brandi qui s'enfonce en enfer avant que ne s'y noie son éphémère extase qui nous laisse avachi sur ces lits de misère où les cœurs ne jouent plus qu'à se battre sans vibrer pour pomper mécaniquement l'air vicié des hôtels insalubres.

# ANGLAIS

Alors que le porc et le Français sont omnivores, l'Anglais mange du gigot à la menthe, du bœuf à la menthe, du thé à la menthe, de la menthe à la menthe.

Non content de faire bouillir les viandes rouges, l'Anglais fait cuire les viandes blanches, telle Jeanne d'Arc qui mourut dans la Seine-Maritime et dans les flammes en lançant vers Dieu ce cri d'amour : « Mon Dieu, mon Dieu, baisse un peu le chauffage ! »

Les deux caractéristiques essentielles de l'Anglais sont l'humour et le gazon. Sans humour et sans gazon, l'Anglais s'étiole et se fane et devient creux comme un concerto de Schönberg.

# ASPERGE

La pulpeuse asperge, du latin « asperges », signifie goupillon, Dieu me pardonne. Chez nous, il y a des siècles que l'asperge a été introduite, et personne à ce jour n'a porté plainte. L'asperge donne le meilleur de son goût en compagnie d'œufs brouillés. Elle anoblit les sauces blanches. La vulgarité de la vinaigrette ménagère l'insulte. Avant la disgracieuse invention du réfrigérateur, on conservait l'asperge fraîche pendant neuf mois en l'enfermant dans la poudre de charbon de bois, après l'avoir enroulée dans un cornet de papier de soie. Il fallait bien prendre soin de lui cautériser préalablement la section de la tige sur la plaque du four à bois de grand-mère. C'était moins pratique que le machin burger du maquereau Donald, mais il est payant parfois de savoir prendre son temps. Les tronches défaites du bâfreur hâtif et de l'éjaculateur précoce sont éloquentes à cet égard.

# Bac

Demain matin commencent les épreuves du baccalauréat.

Jeunes gens de France : n'y allez pas.

Ça ne sert à rien.

Les diplômes sont faits pour les gens qui n'ont pas de talent.

Vous avez du talent ? Ne vous emmerdez pas à passer le bac.

Allez aux putes ou à la piscine Deligny, c'est pareil.

Est-ce que j'ai le bac, moi ? Non. Et alors ? Est-ce que j'ai l'air d'être dans la misère ?

« Le bac, ça permet de voir du pays », disait Balavoine.

Vous avez vu où ça l'a mené...

Jeunes Françaises, jeunes Français, restez chez vous. Boycottez le bac. Prenez un papier et un crayon. Je vais vous donner les sujets de première et de philo.

1. *Qui a dit :* « Quand un philosophe me répond, je ne comprends plus ma question. »

2. *Dans l'Évangile selon saint Luc,* comment l'auteur appelle-t-il les trois mages ? Répondez par A, B, ou C : A ? B ? C ?

3. *Qui a dit :* « Je plains les gens petits. Ils sont les derniers à savoir quand il pleut. »

4. *Sylvie va au marché*. Elle a 165 francs dans son porte-monnaie. Elle achète 9 laitues à 3,20 francs et 14 laitues à 3,10 francs. Est-ce bien raisonnable ?

5. L'évolution de la pensée présituationniste entre l'école hégélienne et le négativisme de l'infrastructure néo-nietzschéenne a-t-elle, inconsciemment ou non, influencé la carrière de Raymond Poulidor ?

# Klaus Barbie

Depuis quelque temps, on voit beaucoup Klaus Barbie à la une des journaux, à la télé ou à la radio. Mais Barbie a une excuse. Une seule : Il ne fait pas exprès de se montrer. À la limite, je me demande même s'il en a vraiment envie.

# Guy Bedos

Guy Bedos est mon ami.
Il doit le rester.

# Bergson

Pourquoi ai-je investi dans le rire ?
Pour le pognon. Pour nourrir ma famille.
Malgré une recherche poussée des causes et des effets du rire, Bergson, qui a oublié d'être con sinon il ne serait pas avant Berlioz dans le Larousse, en a

malheureusement oublié la plus noble conquête : le pognon. En effet, le rire n'est jamais gratuit : l'homme donne à pleurer mais il prête à rire.

# BESTIAIRE

J'aime les animaux.

Je vis en contact permanent avec les animaux. Contrairement à Villon qui stagnait dans le ruisseau j'ai la chance d'habiter en plein Paris une maison qui donne sur un petit jardin. Quelle joie chaque matin d'ouvrir les volets pour entendre tousser les oiseaux.

Paris est plein d'animaux. Pour qui sait écouter la nature, Paris est une fête. Écoutez le gai cuicui du moineau qui pépie, écoutez le doux croucrou du pigeon qui roucoule, écrasez le gros caca du chien-chien qui pète.

Je possède un chat. Je suis possédé par un chat persan, pardon. Indépendance et fierté, le chat n'est que noblesse. Particulièrement les persans car les persans se prennent tous pour LE chat. J'ai su tempérer la sublime arrogance du mien : je lui ai coupé la queue et je l'ai tondu comme un caniche (la fraise et les pattes à pompons), et je le fais dormir dans le frigo, pour lui raidir un peu la démarche : il y a gagné en humilité ce qu'il a perdu en grâce ; depuis que le berger allemand le sodomise dans sa sciure, Sa Majesté féline a la couronne un peu penchée...

Tous les animaux sont utiles à l'homme. Et pas seulement parce qu'ils nous aiment, nous gardent ou qu'on les bouffe. Les animaux nous sont utiles dans d'autres domaines moins explorés.

Le sport, par exemple. Le tennis, tiens.

On s'ennuie vite à jouer au tennis, à cause, bien sûr, de l'inertie de la balle, alors que si vous remplacez la balle par un poussin, c'est le fou rire assuré.

Les animaux sont moins intolérants que nous : un cochon affamé mangera du musulman.

Et comment ne pas louer la sobriété de la camelle qui peut tenir soixante jours sans fumer de cameau, ou l'admirable pudeur de l'anaconda qui peut se masturber sans bouger les genoux. Non seulement parce qu'il n'a pas de genoux, mais parce qu'il lui reste de l'époque où il était quadrupède, deux embryons de papattes enfermés sous la peau à la hauteur des génitoires, ce qui lui permet donc de se chatouiller de l'intérieur à l'abri des gelées matinales.

Nous devons aimer nos frères les animaux. Et mépriser leurs bourreaux. Honte aux bouchers ! À bas les corridas ! Je le dis sans joie parce que j'aime le peuple espagnol, fier et ombrageux, avec un tout petit cul pour éviter les coups de corne ! À mort les bouchers ! À mort les matadors ! À mort la mère Bardot qui ne craint pas de s'exhiber en pull de laine arrachée poil par poil sur le dos du mérinos innocent.

Moi, je n'aurais jamais pu être boucher. J'avais pas le cœur. Je n'aurais pas pu être matador. J'avais pas les tripes. Je n'aurais pas pu être Bardot. J'avais pas les fesses.

# BIDE

J'ai connu mon premier bide en public à l'Olympia en même temps que je montais pour la première fois sur une scène. Je présentais et animais la première partie du spectacle d'un imitateur célèbre. Si ma mémoire est bonne, c'est Clemenceau qui a dit un jour à ses ministres occupés à s'embourber dans l'incompétence inhérente à tous les ministères, deux points, ouvrez les guillemets et fermez vos gueules : « Quand les événements nous dépassent, feignons d'en être les organisateurs. » Ainsi, le soir de la première à l'Olympia, avais-je décidé d'organiser moi-même le bide que j'étais persuadé de ramasser de toute façon quoi que je fisse.

Avec l'aplomb désespéré qui vient aux suicidaires quand ils enjambent le parapet de la mort, je me précipitais sur la scène tel un vulcanologue fou se jetant dans le Popocateptel, et haranguai ainsi le premier rang :

« Mesdames et Messieurs, dans un instant vous allez pouvoir applaudir l'imitateur Le Luron. C'est un assez bon imitateur. Mais moins bon que moi quand même. Car je suis le seul imitateur au monde à être capable d'imiter mon beau-frère Georges. Voulez-vous que je vous imite mon beau-frère Georges ? »

Et je l'ai fait. Et je l'ai eu, mon bide, l'enfer insupportable du bide, ce silence absolument intolérable pour l'artiste, ce silence mortel qui suit la prestation ratée.

J'ai constaté avec plaisir que chacun se demandait avec perplexité où je voulais en venir, ce qui a créé un malaise et une espèce de gêne que j'ai été le premier à ressentir et qui m'a fait passer dans le dos d'inavouables frissons de jouissance.

Car la recherche morbide du bide en public est à peu près la seule motivation de mes exhibitions devant des êtres humains pour lesquels je n'ai par ailleurs que mépris total et dédain profond.

# BILLEVESÉE

Je ne sais pas qui est le con antique qui a inventé le mot « billevesée », mais je crois vraiment que c'est le mot le plus laid de la langue française. « Billevesée », quand on le prononce, on a l'impression de vomir.

Qu'attendent les quarante badernes semi-grabataires du Quai Conti pour supprimer ce mot ordurier du dictionnaire ? Vous ne pourriez pas faire un effort, les papys verts, pour nous ôter des oreilles et de la bouche des termes aussi crapuleux que « billeversées », au lieu de rester assis sur vos vieux testicules taris en vous demandant s'il faut mettre « couille » dans le dictionnaire ?

# Bonheur

« Il ne suffit pas d'être heureux. Encore faut-il que les autres soient malheureux. »

# Buveur d'eau

L'abus de l'eau est d'autant plus dangereux qu'il entraîne à la longue, chez l'hydromane, une dépendance quasi irréversible.

Certes, l'eau est plus digeste que l'amanite phalloïde et plus diurétique que la purée de marrons. Mais ce sont là futiles excuses de drogués. D'autres vous diront que la cocaïne est moins cancérigène que l'huile de vidange... N'en tenez pas compte. Ménagez votre santé. Buvez du vin, nom de Dieu !

# Calamités

Parmi l'arsenal illimité des calamités que Dieu nous impose sur terre pour éprouver notre foi, il en est trois qui portent en elles le plus effroyable cortège d'horreurs. Trois plaies mortelles dont le seul nom nous fait froid dans le dos, et qui sont la guerre, le cancer, et les coureurs automobiles.

# Carnet mondain

La fille Tabouret épouse le père Lachaise.
(Je dis ça, c'est pour meubler.)

# Cavanna

Je connais dans les milieux huppés des belles-lettres françaises quelques journalistes trou-du-cul pompeux qui s'esbaudissent épisodiquement à la relecture de Rabelais, alors qu'ils trouvent Cavanna vulgaire. Le monde est ainsi fait d'étranges paradoxes.

Même pour rire, je suis incapable d'enfoncer Cavanna qui reste aujourd'hui l'inventeur de la seule nouvelle forme de presse en France depuis la fin de l'amitié franco-allemande en 1945, et l'un des derniers honnêtes hommes de ce siècle pourri. Seule la virulence de mon hétérosexualité m'a empêché à ce jour de demander Cavanna en mariage.

# Chasteté

Le sabre dans une main, le goupillon dans l'autre, Jeanne d'Arc sut brandir jusqu'à la mort deux symboles phalliques pour protéger à jamais la fleur imprenable qui se fanait dans sa culotte d'acier trempé.

# Chirac

Voilà un monsieur affublé d'un sourire à faire passer son hoquet au yéti.

# Chômage

En fait, qui est touché par le chômage ? Eh bien, ce sont les pauvres. Mais les pauvres, ça gagne tellement peu que chômage ou pas chômage, ils ne voient pas la différence à la fin du mois...

# Cinéma

Pour qu'un film soit grand il faut qu'il réponde à certains critères : il doit être japonais ou indien, en noir et blanc, il doit avoir plus de quarante ans, il doit être d'une grande beauté formelle et très lent. À cet égard, je pense que le plus grand film du monde est de Shri Gomina : c'est un film indien de 1921, en noir et blanc, muet, sans intrigue, tourné avec une seule caméra fixe et sans acteurs.

# Club med

Qui est Gilbert Trigano ? Que savons-nous vraiment de l'inventeur des parcs à ploucs ?

De son vrai nom Gilbert Plougastel, Gilbert Trigano est né en 1920 en Bretagne.

Comme la plupart des juifs bretons, le petit Plougastel, dès son plus jeune âge, est attiré par les choses de la mer et les rames de son père. Il ne résiste pas à l'appel obsédant des horizons lointains où les vahinés mignonnes au minet minou, psalmodient sans trêve la chanson des blés durs, en dansant la bourrée des Archipels sous les couscoussiers en fleur.

C'est en 1963 que Gilbert Trigano fonde, préside et dirige le premier Club Méditerranée. L'idée de base de l'œuvre grandiose de ce précurseur consiste à faire cuire à feu vif à même le sable les congés payés pendant trois semaines. Quand les gentils membres sont cuits, on les renvoie dans leur trou après leur avoir arraché les boules.

# Cochon

Il faut noter que le cochon est un animal fort attachant. Il offre de nombreux points de comparaison avec un autre mammifère immonde et sans poils passé expert en l'art de semer sa merde et de se vautrer dedans.

Cependant de nombreuses différences morphologiques ou de comportement permettent au plus demeuré des tueurs des halles de discerner au premier coup d'œil un cochon de base d'un employé aux écritures moyen.

Le cochon marche le plus souvent à quatre pattes en grognant des borborygmes vulgaires et incompréhensibles. L'employé aux écritures ne se conduit ainsi qu'en période de rut extrême, pour marquer son attachement à la pétasse zoophile de son choix. Par ailleurs, quand l'employé aux écritures patauge dans la gadoue, c'est souvent pour le plaisir, alors que le cochon ne s'y résout que contraint et forcé par l'employé aux fourches et fumier qui n'est autre que le sosie rural de l'employé aux écritures. Enfin, le cochon renâcle aux portes de l'abattoir alors que l'employé aux écritures ou aux fourches monte à Verdun en chantant, ce qui prouve une fois de plus la supériorité absolue de l'espèce humaine dans le règne animal.

# DANIEL COHN-BENDIT

Pauvre Cohn (vous permettez, Daniel...).

Je n'ai rien contre les rouquins. Encore que je préfère les rouquins bretons qui puent la moule, aux rouquins juifs allemands qui puent la bière. D'ailleurs, comme disait Himmler : « Ça me dépasse qu'on puisse être à la fois juif et allemand. Faut savoir choisir son camp. »

Enfin, tout ça c'est du passé. L'antisémitisme n'existe plus. Je veux dire que de nos jours, quand même, on peut dire qu'il y a moins d'antisémites en France que de juifs...

Mais revenons-en au cas douloureux de cet ancien combattant rondouillard qui soupire sur ses souvenirs de guerre en faisant pousser des laitues dans la banlieue de Francfort. Qui êtes-vous, pauvre Cohn ? Qui est Daniel Cohn-Bendit ?

J'ai posé la question à une pure adolescente de 15 ans, de celles dont on se dit « Ah mon Dieu, que la femme est belle au sortir de son enfance » :

– Dis-moi, ma petite Marie, sais-tu qui est Daniel Cohn-Bendit ?

– C'est pas la fille du groupe Téléphone ? hasarda-t-elle.

Eh oui. Pour cette génération, Pétain, Cohn-Bendit ou Yves Montand, c'est le passé.


# COMMUNISTES


C'est à cela qu'on reconnaît les communistes : ils sont fous, possédés par le diable, ils mangent les enfants et, en plus, ils manquent d'objectivité.

# CONCOURS

Si quelqu'un ne voit pas le rapport entre Aragon et Henri III qu'il nous écrive : il a gagné un bilboquet !

# CONFÉRENCE DE PRESSE[3]

Monsieur le Conseiller général du Cher,

Monsieur le Maire communiste de Bourges (comment peut-on ?)

Monsieur le Président du conseil régional de la région centre,

Messieurs les politicards de droite et de gauche,

Mesdames et Messieurs les journalistes vendus ou à vendre,

Mesdames et Messieurs les professionnels honnêtes ou véreux du spectacle,

Camarades artistes,

Vedettes ou ringards,

Vous tous et toutes qui êtes venus nombreux ici ce soir en croyant que le buffet était de Lenôtre,

---

3. Lors de la présentation du Printemps de Bourges (festival de chanson, spectacle vivant et musique du monde).

Cher Daniel Colling qui avez su faire du Printemps de Bourges ce qu'il est aujourd'hui, je veux dire un authentique et véritable bordel,

À tous, amis de la musique de nègres et de la culture sous chapiteaux,

Bonsoir !

En l'absence de Coluche, qui a été retenu par un cercueil, et de mon confrère et ami de Guy Bedos qui participe en ce moment même à la remise du prix « gauche-caviar » à Laurent Fabius pour son livre *Je m'ai bien marré à Matignon*, en l'absence de ces rois du rire, c'est à moi, Mesdames et Messieurs, qu'échoit le redoutable honneur de présider cette grotesque mascarade promotionnelle et médiatique dont l'intérêt culturel n'échappera à personne, bien que, je le répète, le buffet ne soit pas de Lenôtre.

Je serai bref, rassurez-vous, comme je sais l'être chaque fois que je m'estime sous-payé par rapport à l'ampleur de la tâche qui m'incombe. Et croyez-le, Mesdames et Messieurs, elle est rude pour moi, cette tâche. Quoi de plus difficile, en effet, pour un homme de mon faible gabarit, que d'avoir à s'exprimer haut et fort sur un sujet qui l'emmerde, devant des gens qui ne sont pas de son milieu ! Je vous le dis comme je le pense : personne n'était moins désigné que moi pour prendre la parole ici ce soir.

En effet, Mesdames et Messieurs, le Printemps de Bourges, j'en ai rien à secouer : je hais le rock, je conchie la musique classique, le jazz m'éreinte, et Jane Birkin commence à nous les gonfler avec ses regards désolés de mérou au bord des larmes. Quand aux humoristes français qui ont survécu à l'hécatombe de 1986 au cours de laquelle deux employés de Paul Lederman sont tombés coup sur coup (et je pèse mes mots), quand aux humoristes français, dis-je, je dois à l'honnêteté de reconnaître qu'il n'y en a plus en France. Ce ne sont pas Michel Leeb et Stéphane Collaro qui me contrediront sur ce point. On me dira que j'exagère. Bien sûr, Raymond Devos et Louis Leprince-Ringuet font toujours pouffer les rigolards du troisième âge, mais pour combien de temps encore ?

Comme vous, Mesdames et Messieurs, j'ai reçu le dossier de presse de ce énième Printemps de Bourges. C'est avec consternation que j'ai pris connaissance du programme des réjouissances qui vont se dérouler chez les bouseux berrichons pendant dix jours, du 17 au 26 avril prochain. Le croirez-vous : en dehors du mien, aucun des noms d'artistes tous azimuts qui défilaient sous mes yeux ébahis ne m'était familier. « Est-il possible, me disais-je en mon for intérieur, est-il possible qu'en dehors de Pierre Desproges qui se donnera en spectacle le samedi 25 à 17 heures au Palais des Congrès, places 100 F et 75 F, est-il possible qu'en dehors de ce garçon, il n'y ait rien d'intéressant à voir cette année au Printemps de Bourges ? » Bien sûr, on relève, dans cette liste ô combien cosmopolite, les noms de vieilles célébrités du flonflon pré-pompidolien comme Charles Trenet, le Fanon chantant, ou Gustav Mahler du Balajo munichois ou ceux de quelques brâmeurs moribonds du gospel des fifties, comme ce pauvre Ray Charles qui lui non plus n'est pas blanc blanc dans cette affaire.

Pour le reste, rien. Le désert, le néant, la boîte crânienne à Lalanne.

Dans ces conditions, Mesdames et Messieurs, je vous le demande : pourquoi diable aller à Bourges ?

Car enfin, que nous propose ce Printemps pourri, en dehors de ces spectacles nauséabonds ?

Des expositions. Quelles expositions ? (je lis) : « À la Maison de la Culture, seront exposés les instruments traditionnels des musiciens du Berry. » Quel Berry ? Richard Berry ? Claude Berri ? Jules Berry ? Strawberry ?

Quels instruments du Berry ? la bombarde à six trous ? la flûte à pompe ? la cornemuse berruyère à souffler dans les chèvres ? le tromblon chérois ?

Allons-nous, amis parisiens qui sommes tous débordés par l'exigeante âpreté de nos tâches urbaines qui nous conduisent chaque jour au bord de l'infarctus et de l'illégalité, allons-nous tout quitter brutalement pour aller mirer des binious chez les ploucs ?

Et qu'est-ce que c'est que ce village des sponsors ? dont le dossier nous dit (je cite) : « La nouvelle salle du Festival abritera l'Accueil professionnel. On y trouvera un tour nouvel espace, "le Village des Sponsors", lieu de rencontre privilégié où se retrouveront journalistes, artistes, partenaires du Festival. »

Moi je veux bien. Mais qui nous dit que des capotes seront bien distribuées à l'entrée ?

Alors ? Qu'aller faire à Bourges ?

Dormir à l'hôtel d'Angleterre, où, si j'en crois le dépliant local, les chiens et les handicapés physiques sont admis ?

Coucher entre un paraplégique et un cocker, piètre consolation, n'est-il pas vrai, pour qui n'est ni zoophile ni suceur de béquilles.

Non, chers amis culturo-dépressifs que seule la soif de Sancerre a éjaculés du bureau comme elle fait sortir le loup du bois, non, chers amis parasites venus vous goinfrer aux frais de la branche dure du groupe « Vingt dioux la Marie v'là les gars de Paris qu'arrivent », non, nous n'irons pas là-bas, malgré le chant des sirènes qui nous crient aux oreilles, tel François Léotard coursant la mère Duras dans la rue Séraucourt : « Au cul la vieille, c'est le Printemps de Bourges. »

# CONFESSION

« Faute avouée est à moitié pardonnée », disait Pie XII à Himmler.

# CONFIDENCE

Je me suis fait auprès de ma femme une solide réputation de monogame.

# CONNIVENCE

J'aime tous les saints. Même les saints laïques. J'en connais un qui prend sur ses heures de sommeil pour aller vendre sa bible hebdomadaire par tous les temps dans une rue bigarrée où je fais mon marché dominical. C'est un homme digne et usé. La droiture aristocratique du militant d'élite est dans ses yeux jaloux de noblesse ouvrière. Il a les mains craquelées des fatigueurs de fond, et les ongles oubliés des tortureurs d'outils. Souvent nous bavardons.

Nous avons fini par trouver une double plate-forme d'accord pour un gouvernement gauche-droite : Non au cancer. Oui à l'os à moelle dans le pot-au-feu. Dans le feu de la discussion, il a renversé son petit rouge dans mon petit noir.

On a bien ri.

# CONSEIL

*La détente* : Faut surtout pas appuyer dessus !

# CONSTATATION

Les canards mâles ont au derrière le plumage vif et chatoyant que les mousquetaires ont au chapeau pour affirmer leur virilité. Les canes ont le plumeau gris terne que les concierges ont dans l'escalier pour souligner leur féminité.

# LE CORBEAU
## ET LE RENARD

À propos de fromages, j'aimerais faire une mise au point qui me tient à cœur depuis mon huitième anniversaire. C'est en effet cette année-là que, pour la première fois de ma vie, j'ai entendu, de la bouche pincée d'un instituteur laïque et grisâtre, la fable intitulée « Le corbeau et le renard », de Monsieur Jean de La Fontaine.

Si l'on veut bien excepter le navrant lieu commun sous-préfectoral qui lui sert de moralité, que reste-t-il de cette œuvre animalière si ce n'est une vile tentative de dénigrer les laitages français ?

Associer sciemment l'idée trois cent quarante fois grandiose de nos fromages à l'imagerie dégradante des deux bestiaux les plus nuisibles de nos clairières, n'est-ce point la preuve flagrante des intentions subversives antinationales de La Fontaine ? Qu'est-ce qu'un renard ? Qu'est-ce qu'un corbeau ? L'un, hideux, pointu, bas sur pattes, grouillant de vermines et plus sournois qu'une fouine jésuitique sur un trône élyséen, partage son temps entre le génocide de nos volailles et la propagation de la rage. L'autre, d'un noir de diable insupportable aux âmes pures, et qu'on voit par les champs dandiner sa silhouette arthritique de prélat en sabbat satanique, saccage nos récoltes, effarouche nos perdrix et nos épouvantails de son ricanement métallique de poule rouillée, et pousse le cynisme jusqu'à s'avérer immangeable après trois heures de court-bouillon. À qui ferez-vous croire, Monsieur de La Fontaine, qu'un renard, charognard, bâfreur et plumivore, puisse tenter de séduire un corbeau pour s'emparer d'un camembert dont la moelleuse onctuosité normande ne saurait flatter le palais vulgaire de ce chien sans maître ? À qui feriez-vous croire qu'un oiseau de malheur, haï des hommes qui le rendent bien, aille risquer sa vie dans les garde-manger pour y piller des coulants, au reste trop mous pour se tenir en son bec ? Et d'où tenez-vous, emperruqué ignare, que les corbeaux pique-niquent dans les arbres ?

Je dis, à la lumière de cette démonstration dont la lumineuse clarté en époustouflera plus d'un, que Jean de La Fontaine, sous couvert de fabuler, était en réalité un ennemi de la France à la solde de la Hollande en guerre contre Louis XIV.

Honnissons la mémoire de ce cuistre.

# COURRIER

« Faudrait voir à ne pas me prendre pour un autre », m'écrit Monsieur Pagnon de la Chanson.

# COURSES

Charmante tradition française, quand un cheval se casse une patte (pardon, une jambe), on lui tire aussitôt une balle dans la tête en essuyant une larme furtive : « La pauvre bête n'aurait plus pu rapporter de pognon. »

J'espère que je ne serai pas armé le jour où un propriétaire de chevaux de course se cassera une patte à côté de moi aux sports d'hiver. Je serais capable de tout, pour l'empêcher de souffrir plus longtemps.

# LES COURSES
## À VINCENNES

Oublie pas l'pain !

# COUTUMES

Le jour du mariage royal, tous les hommes du Royaume-Uni en âge de se tenir debout vont pisser sur l'herbe en chantant le *God save the Queen*. On raconte que chaque fois que, ce jour-là, un garçon pissera sur un escargot, il accroîtra les chances de voir naître un héritier mâle au sein de la famille royale. On comprend mal l'origine de cette coutume peu ragoûtante. En revanche, on comprend bien pourquoi les Anglais ne mangent pas d'escargots.

# Cow-Boy

Dans son œil bleu-inox brûle une lueur mauvaise. Et idem dans son autre œil.

On le sent prêt à tout. Sauf à danser *Le Lac des cygnes*. Il n'est pas habillé pour.

Il dit : « Hue » sans desserrer les dents. Essayez, vous verrez c'est pas évident.

Et aussitôt le fier alezan fieralèze à travers le désert de l'Ouest hostile, et parsemé de crânes de vaches, où des rapaces hideux ricanant sur des troncs noirs guettent, les yeux mi-clos, quelque hideuse mort lente de mammifère hydrophile.

# Crèche

Exigeons une bonne fois pour toutes qu'on habille le petit Jésus dans les crèches : toute cette nudité, ça fait triquer les pédophiles.

# CRIME

Le quadruple crime de Trifouilly-sur-Mer éclairci :
le meurtrier était un ami de la famille. On frémit à
l'idée que ç'aurait pu être un ennemi de la famille.


# CRISE DE FOI

Soixante-quinzième jour avant Noël et dernier
jour des soldes fantastiques à Mondial-Moquette.
La pensée de Dieux ne doit pas nous quitter.


# DÉCLARATION
## DE GUERRE

*Le président de la République :*

Mes chers concitoyens,
Voici bientôt douze ans que, grâce à vos suf-
frages, j'assume la plus haute fonction à la tête de
l'État.

Quelle qu'ait été la gravité de la situation, aussi bien au niveau du plan national qu'au plan du niveau international, jamais, vous le savez, jamais, au cours de ces douze années de mon mandat présidentiel, je ne me suis senti investi du droit d'interrompre une émission. Si je le fais ce soir, après avoir consulté le Premier ministre et le ministre des Armées, c'est que jamais, je dis bien jamais, car j'aime bien dire jamais, jamais le sort de la patrie n'a connu l'imminence d'un péril aussi grand.

Mes chers concitoyens, la France et l'Allemagne, soucieuses de préserver contre vents et marées une tradition plus que centenaire, ont décidé d'entrer en guerre l'une contre l'autre ce soir même à 23 heures, heure de Greenwich.

Mes chers concitoyens, cette guerre ne sera pas une guerre comme les autres. Malgré l'extrême irréversibilité des divergences qui poussent aujourd'hui nos deux peuples vers la réalisation d'un double holocauste, le chancelier Helmut Zallboch et moi-même avons, aux termes d'un ultime et commun accord, décidé d'utiliser les formidables possibilités de l'informatique afin de déterminer ensemble et par avance les conséquences exactes de cet effroyable conflit qui débutera donc tout à l'heure.

Depuis plus de vingt ans, en effet, l'informatique a largement fait la preuve de sa fiabilité dans tous les secteurs de la vie économique, sociale et politique des États modernes, grâce à sa formidable capacité à digérer et à interpréter les sondages, les statistiques et les études de marché.

Aujourd'hui, pour la première fois, deux irréductibles belligérants s'engagent sur l'honneur, sur le drapeau, devant Dieu et face au jugement de l'Histoire à accepter pour acquises les prévisions de l'ordinateur, auquel les gouvernements français et allemand ont demandé d'évaluer, à la décimale près, le nombre des morts, des blessés, et l'importance des dégâts épouvantables causés aux jolis paysages par cet horrible déchaînement de violence.

Forts de ces données, et soucieux de faire enfin une guerre propre et rapide qui ne devra rien au hasard, les gouvernements des deux pays ennemis ont décidé ce qui suit :

## Article 1

Chacun des deux belligérants s'engage à tuer et à blesser lui-même, sur son propre territoire, les victimes prévues par l'ordinateur. Il s'engage à ravager lui-même son propre sol (démolition des immeubles, maisons et monuments, destruction des ponts, saccage des petits villages coquets, trous dans les prés, etc.).

## Article 2

Les fonctionnaires de l'administration civile et des entreprises privées comme Bouygues et Ciments Lafarge en France, se chargeront respectivement des pertes en vie humaine et des dégâts infligés à la beauté des sites. Si la quantité des victimes est imposée par l'ordinateur, leur qualité, en revanche, est laissée à la seule fantaisie de chacun des deux belligérants qui agira en fonction de ses propres critères de choix sélectifs.

## Article 3

Les malheureuses victimes, dont nous n'oublierons jamais le sacrifice, seront exécutées à l'Aspégic 1000 cyanuré. La maison Black et Decker assurera bénévolement les amputations de nos sympathiques blessés.

## Article 4

Dans le but d'épargner le matériel de mort très joli et extrêmement sophistiqué que chacun de nos deux pays entrepose jalousement depuis quarante ans, les armées françaises et allemandes seront totalement écartées du conflit. Afin de pallier l'inévitable préjudice moral infligé ainsi aux militaires, un certain nombre d'inoubliables héros seront désignés chaque samedi, par tirage au sort au loto glorieux, pour être décorés de la croix de guerre, par le Président, dans la cour d'honneur des Invalides.

Par force, les décorations à titre posthume seront supprimées, mais les officiers légitimement soucieux de ne pas mourir dans leur lit auront le droit, pendant toute la durée du conflit, de mourir par terre.

## Article 5

Celui des deux belligérants qui aura réussi le premier l'anéantissement de son pays, tel qu'il aura été prévu par l'ordinateur, aura gagné la guerre. Le vaincu demandera l'armistice le jour même, et les survivants du pays vainqueur se réjouiront dans la rue en bougeant des petits drapeaux. En cas d'*ex aequo*, Maître Cornu, huissier à Zurich, proposera un conflit subsidiaire.

Mes chers concitoyens, le sacrifice auquel vous convie ce soir la patrie est lourd. J'en suis pleinement conscient.

Mais que la tâche est exaltante !

Songeons, mes chers concitoyens, qu'il aura fallu cinq longues années de massacres anarchiques en 1914-18 et en 1940-44, pour tuer à peine deux millions de Français et six millions d'Allemands, en comptant les chevaux et les juifs, alors qu'en quelques mois, pour peu que nous le voulions vraiment, nous en exécuterons près du double en dix fois moins de temps. Et cela en épargnant nous-mêmes, parmi ceux d'entre vous qui me regardent en ce moment, en épargnant nous-mêmes les plus méritants, les plus actifs, les plus forts, bref ceux qui seront les plus aptes à œuvrer ensemble au redressement national et à la reconstruction de notre chère patrie dont il ne restera rien dans cinq ou six semaines !

Dès demain matin, mes chers concitoyens, des millions d'entre vous, hommes, femmes, enfants, seront invités personnellement par lettre recommandée à se rendre sans délai à la mairie de leur domicile pour y être exécutés sans douleur au nom de la raison d'État et après acceptation du dossier. Certains pourront s'estimer déçus, voire choqués, d'avoir été choisis. Je leur demande de faire confiance au gouvernement et à l'informatique seuls capables de décider de la qualité des hommes, en dehors de toute considération raciale ou religieuse, car cette guerre ne sera pas une guerre raciste.

Il n'y a pas de race inférieure en Europe.

Il n'y a que des bouches inutiles et des professions totalement tombées en désuétude.

# Démocratie

Il faut savoir, bande de décadents ramollis de téloche et de pâtés en croûte, que les Grecs sont à l'origine du pire des maux dont crève aujourd'hui le monde civilisé : la démocratie.

La décadence de l'Occident n'a commencé qu'au milieu de l'été 1789, en France, le jour où la populace, guidée dans l'ombre par les roturiers parvenus qui tiraient les ficelles, a osé narguer le roi, Dieu et l'Église.

Dieu merci, pendant plus de trois millénaires, grâce à l'acharnement et au dévouement admirable des plus grands souverains absolus de l'Occident, la démocratie ne vit jamais le jour que dans l'esprit dérangé de libertaires paranoïaques comme Abélard ou Jean Moulin, qui passaient leur temps à sauter par les fenêtres pour asseoir leur martyre dans la postérité.

En réalité, l'avènement définitif et irréversible de la démocratie en Occident remonte à 1945, et coïncide exactement avec la fin de l'amitié franco-allemande. Cette année-là, le 30 avril 1945 précisément, le chancelier Hitler, légèrement déçu par la vague d'antinazisme primaire qu'il sentait déferler autour de lui, se donnait discrètement la mort dans son loft souterrain de la banlieue berlinoise.

# DÉMOSTHÈNE

Notons au passage que le père et la mère de Démosthène étaient grecs, ce qui prouve que les Grecs ne sont pas tous pédés.

# Désenchantement

Il pleut.

Pas une de ces violentes et brèves averses tropicales qui s'abattent à larges gouttes et laissent après elles les trottoirs fumants de vapeurs tièdes.

Non. Une pluie mièvre, petiote et glougloutante, frisquette et pistouillante.

Une pluie obstinée comme il en tombe boulevard Richard-Lenoir quand Maigret rentre à l'aube.

Une pluie bretonne que le touriste hollandais fuit sans courir pour aller s'abriter sous les dolmens de Carnac en attendant l'heure des crêpes, une pluie pour visiter Honfleur en récitant Verlaine sans sortir de sa chambre, une pluie à faire des enfants en famille au Tréport.

Une pluie sous laquelle on se dit : Dreyfus est-il coupable ou non ? Il n'importe[4].

# Deuil

Si c'est les meilleurs qui partent les premiers, que penser alors des éjaculateurs précoces ?

4. Cité par Jean-Claude Carrière et Guy Bechtel dans leur indispensable *Dictionnaire de la bêtise*.

# Dictons

Thierry Le Luron est mort.
Coluche est mort.
Jamais deux sans trois.

# Distraction

Une lettre d'un auditeur tellement en colère qu'il a oublié de signer... Je ne sais pas si vous l'avez remarqué comme moi, c'est fou le nombre d'étourdis qu'il y a parmi les gens courageux !

# Pierre Doris

Pierre Doris n'est plus un tout jeune homme.
Pourtant, il continue, entre deux théâtres et deux télés, où sa présence parfois peut nous faire oublier

54

Raimu, à polluer de sa verve massacrante et anglo-rabelaisienne les rares vrais vieux cabarets.

Quand j'étais étudiant, je claquais tout mon argent de poche à entraîner nuitamment des connes lettrées à l'Échelle de Jacob ou au Port du Salut ou à la Galerie 55 pour aller me subjuguer les neurones à sarcasmes sous l'éclat ravageur des horreurs salubres que Pierre Doris rugissait en rafales au-dessus de nos coca-rhum. Quand le rideau retombait sur cet homme d'élite, il était trop tard pour que la conne lettrée pût encore décemment tomber la culotte, mais qu'importait, j'avais pris mon pied dans ma tête. Souvent, près de la sortie, sur un tabouret de bar, on pouvait voir Mme Doris, une femme très douce et très charmante, qui attendait son bonhomme en lui tricotant des pull-overs pendant qu'il la traînait plus bas que fosse septique. Ils repartaient bras dessus, bras dessous, dans la nuit, c'était joli.

# Écriveur

Ce matin de juin, j'écris dans un transat au soleil au fond d'un jardin anglais que le soleil levant caresse voluptueusement pour en essuyer la rosée. À portée de main, sur un guéridon de paille tressée, le thé aux herbes tiédit à la brise. Le bouvreuil effronté, qui m'espionnait hier déjà, sautille et pirouette à trois pas en stridulant des joliesses absconses dont j'appréhende cependant qu'elles veuillent dire : « Tire-toi de là bonhomme, que je finisse les miettes de ton croissant qui sont tombées dans l'herbe. » Eh bon, comme l'oiseau, j'ai la plume frivole et baladeuse, et tendance à papillonner autour du sujet sans m'y soumettre, voire même à m'en écarter carrément. Ce qui est pénible, avec les livres, je veux dire quand on les écrit, c'est qu'on est plus ou moins poussé à s'en tenir au sujet qu'on prétend traiter. Il faut savoir que cette contrainte est parfois très pénible quand elle s'abat sur un auteur velléitaire par nature, incohérent par goût, et facilement déconnectable par l'imprévu, en l'occurrence ce petit pédé de bouvreuil qui fait rien que frétiller de la queue pour m'empêcher d'aller plus loin. Dieu merci, quand on se contente de penser au lieu d'écrire, on a parfaitement le droit de sauter du coq à l'âne, sans s'attirer des remarques désobligeantes.

Pas plus tard qu'hier soir, en me brossant les dents, j'ai réussi – sans me forcer le moins du monde – à penser successivement à la femme de Renaud, à un tube de harissa du cap Bon, à la mort, et à demander à ma fille cadette de me rendre mes ciseaux à ongles.

J'aurais dû être dérouleur de pensées plutôt qu'écriveur de bouquins.

# ÉGOCENTRISME

François Mitterrand est tellement égocentrique que, quand on ne parle pas de lui, il croit qu'il n'est pas là !

# ÉLEVAGE

« Ah, c'est dur l'élevage », disait ma grand-mère. Un jour que je scribouillais avec soin dans ce bureau tranquille d'où jaillissent tant bien que mal ces élucubrations, la plus jeune de mes deux crapulettes, qui va sur ses six ans sans lâcher sa sucette, est venue me faire une de ces visites dont elle m'honore quand elle a du temps à perdre, c'est-à-dire rarement.

– Papa, pourquoi le monsieur il a une jupe ? s'enquiert-elle après cinq minutes de contemplation muette devant une des trois cents photos de presse que j'ai collées sur deux murs de mon antre.

– Parce que c'est un Écossais. C'est une coutume dans son pays de porter un kilt. Ça s'appelle un kilt. Tu sais, les hommes ne portent pas tous des pantalons. Il y a plein de pays dans le monde où les hommes portent des robes ou des jupes.

– Papa, est-ce que les Écossais sont tristes ?

– Pourquoi veux-tu qu'ils soient tristes ?

– Parce qu'ils ne sont pas des Français.

Sonnette d'alarme dans la tête du père : Attention, désamorcer, tendance xénophobique précoce. Danger de racisme primaire à l'horizon. Vas-y, Pierrot. Fonce.

– Vois-tu, ma chérie, les Écossais, les Français, les Noirs, les Jaunes, ce sont des hommes, ou des femmes, tous pareils. Être français, ce n'est pas très important. Ça fait rien ! Les Écossais parlent anglais, comme beaucoup de gens dans le monde, mais c'est tout. Les enfants écossais sont exactement comme les enfants d'ici.

– Ah bon. Alors c'est pas grave d'être Écossais ?

– Non !

– Ça fait pas mal ?

– Mais non.

– C'est pas grave alors.

– Ce n'est pas grave du tout. Tu as compris.

Trois jours plus tard, elle se replante devant la même photo :

– Dis donc, papa, un Écossais, s'il met un pantalon et qu'il parle pas, est-ce qu'il croit qu'il est français ?

C'est dur l'élevage !

# ÉLITE

L'élite de ce pays permet de faire et défaire les modes, suivant la maxime qui proclame : « Je pense, donc tu suis. »

# ENNUI

Je recèle en moi des réserves d'ennui pratiquement inépuisables. Je suis capable de m'ennuyer pendant des heures sans me faire chier. À force de pratique, sans doute : j'ai fait vingt-huit mois de service militaire et j'ai dîné deux fois avec Jean Daniel, la pleureuse séfarade propalestinienne. J'en ai conservé un goût morbide, une attirance vertigineuse pour l'ennui, au point que si je ne me retenais pas, certains soirs de Novotel vertueux où tapinent au couloir d'immettables soubrettes, j'irais jusqu'à sombrer dans la lecture de Proust, pour y perdre mon temps à la recherche du sien.

# ENTOMOLOGIE

Il est des questions qu'on ne peut éluder. Moi, je prends mes responsabilités, et je la pose, la question que vous vous posez tous :

Qu'est-ce qu'un insecte hémimétabole ?

En quoi l'insecte hémimétabole se distingue-t-il de l'insecte holométabole ?

Vous êtes-vous jamais demandé en votre âme et conscience pourquoi la métamorphose de l'holométabole passe par un stade pupal ? Alors que l'hémimétabole n'est jamais passé par ce stade.

À qui fera-t-on croire que les trichoptères sont holométaboles, alors que tout accuse le leptopteria tricéphale dont l'hémimétabolisme n'est plus un secret pour personne !

C'est pourquoi j'accuse ! J'accuse l'éphémeria tricoptère commun des marais, et toute sa putain de famille des éphéméridés ! Et d'abord, qu'est-ce qu'elle allait foutre dans le Marais à une heure pareille ?

Moi, je dis que cela s'appelle de la fourberie, de la malhonnêteté intellectuelle et de la lâcheté.

# ÉPIPHANIE

*7 janvier 1980.* Guidés par leur bonne étoile, 50 000 Rois Mages sont arrivés à Kaboul.

# ERRATUM

Dans notre édition d'hier, une légère erreur technique nous a fait imprimer les noms des champignons vénéneux sous les photos des champignons comestibles, et vice versa.

Nos lecteurs survivants auront rectifié d'eux-mêmes.

# ERREUR JUDICIAIRE

Il est grand temps de faire l'éloge de l'erreur judiciaire.

L'erreur judiciaire est le plus sûr allié de la justice d'exception. Combien d'innocents courraient encore, s'il n'y avait pas d'erreur judiciaire ?

Si l'erreur judiciaire n'avait pas existé, est-ce qu'aujourd'hui le capitaine Dreyfus serait aussi célèbre en France ?

# ÉTHIQUE

Il faut manger pour vivre et non pas vivre pour manger. De même qu'il faut boire pour vivre et non pas vivre sans boire, sinon c'est dégueulasse.

# EXCUSES

J'ai pleinement conscience de l'extrême mauvais goût que je montre souvent en ricanant bassement sur un thème aussi grave que les fours crématoires. Quarante ans ont passé mais toutes les plaies ne sont pas refermées, c'est pourquoi, afin qu'ils ne me tiennent pas rigueur de l'esprit grinçant que j'affiche dans le seul but d'être à la mode, je prie sincèrement les anciens nazis de bien vouloir m'excuser de me moquer d'eux aussi sottement et aussi peu charitablement.

# Expérience

On se demande sans rire si en fécondant une femme de tête avec de la semence de prix Nobel, on n'obtiendra pas un petit génie. L'expérience inverse a été tentée, il y a neuf mois, ici, à la clinique Nique.

On a fécondé une simple d'esprit avec de la semence d'imbécile. L'enfant va naître d'un instant à l'autre... Ah ! Le voilà ! C'est un garçon !

# Fait divers

La route qui tue : Encore un camion fou à Fresnes. Freine ! Freine ! Mais FREINE ! ! !

# Femme

J'ai trop de respect pour les femmes pour être vraiment féministe. Mais je les aime, et on ne m'ôtera pas de l'idée que les us et coutumes de la restauration française restent enfermés, en 1986 – c'est-à-dire en pleine mouvance des droits de la femme –, dans un carcan de misogynie suranné que ne désavouerait pas le plus frénétique des ayatollahs. J'en veux pour preuve un exemple flagrant que je soumets ici à l'approbation des uns ou des unes, et à la désapprobation des autres.

Il se trouve que j'ai la chance de partager ma vie avec une femme de goût, enfin de mon goût. Dans les deux sens du mot. D'une part, elle habille son corps, ses murs, ses enfants et ses paquets cadeaux avec une pétillance discrète qui me semble de bon aloi. D'autre part, la nature l'a dotée d'une sensualité gustative exacerbée qui l'écarte couramment de l'endive pour la pousser vers des cochonnailles luxuriantes, et d'un nez méticuleux et sûr, apte à repérer une pincée de noix de muscade dans un baril de soupe populaire.

Au petit jeu périlleux des dégustations aveugles de vins, et quoique l'aveu public m'en coûte, elle gagne plus souvent qu'à mon tour. D'autres femmes, j'en connais, ont ce don prestigieux. Alors pourquoi faut-il, en respect imbécile des plus usées des traditions phallocratiques, que les sommeliers de nos meilleurs restaurants s'obstinent à faire goûter d'emblée leurs crus aux Tarzan-poil-aux-pattes, après avoir planté l'insultante carafe d'eau quasiment sous le nez souvent génial des pauvres Jane ? En pareil cas, je ne manque jamais de m'écrier, avec un ton d'indignité légèrement surfait mais tou-

jours sincère : « Je vous demande pardon, monsieur, mais dans ma famille, ce sont les femmes qui
font les gosses et qui goûtent les vins. »


# Serge Gainsbourg


Quand j'étais petit garçon il y avait, dans le village limousin où je passais mes vacances, un
homme à tout et à ne rien faire qui s'appelait Chaminade. Chaminade tout court. Au reste, il était
trop seul au monde pour qu'un prénom lui fût utile.

C'était un homme simple, au bord d'être fruste.
Il vivait dans une cabane sous les châtaigniers des
bosquets vallonnés de par chez nous. Sur une
paillasse de crin, avec un chien jaune, du pain dur
et du lard. L'été, il se louait aux moissons, et brico-
lait l'hiver à de menus ouvrages dans les maisons
bourgeoises. À période fixe, comme on a ses règles
ou comme on change de lune, Chaminade entrait en
ivrognerie, par la grâce d'une immonde vinasse que
M. Préfontaines lui-même n'eût pas confiée à ses
citernes. Il s'abreuvait alors jusqu'à devenir violet,
spongieux, sourd et comateux. Après sept ou huit
jours, sa vieille mère, qui passait par là, le tirait de
sa litière et le calait dehors sous la pompe à eau,
pour le nettoyer d'une semaine de merde et de
vomis conglomérés.

La plupart du temps, Chaminade n'avait pas le sou pour se détruire. Les petites gens du bourg se mêlaient alors de l'aider. Il faut chercher autour des stades pour trouver plus con qu'un quarteron de ploucs désœuvrés aux abords d'un bistrot.

– Ah, putain con, les hommes, regardez qui voilà-t-y pas sur son vélo ? Ho, Chaminade, viens-tu causer avec nous autres, fi de garce ?

Chaminade ne refusait pas. Quand il rasait ainsi les tavernes à bicyclette, c'est qu'il était en manque.

Alors les hommes saoulaient Chaminade. Parce qu'on s'emmerde à la campagne, surtout l'hiver à l'heure du loup, et je vous parle d'un temps où la télé n'abêtissait que l'élite. Au bout de huit ou dix verres, Chaminade était fin saoul, il prêtait à rire. C'est pourquoi on l'appelait Chaminade tout court, comme on dit Fernandel.

Quoi de plus aimablement divertissant, en effet, pour un pauvre honnête, que le spectacle irrésistible d'un être humain titubant dans sa propre pisse en chantant *Le Temps des cerises ?*

On s'amusait vraiment de bon cœur, pour moins cher qu'un ticket de loto qui n'existait pas non plus. On lâchait l'ivrogne sur la place du Monument-aux-Morts où il se lançait alors dans un concours de pets avec le poilu cocardier. Parfois, il improvisait sur *La Mort du cygne*, tenant les pans de sa chemise comme on fait d'un tutu, avant de s'éclater dans la boue pour un grand écart effrayant. Et les hommes riaient comme des enfants.

En apothéose finale, on remettait de force Chaminade sur son vélo et on lui faisait faire le tour du monument. À chaque tour sans tomber, il avait droit à un petit coup supplémentaire, direct au tonnelet.

Un jour, Chaminade s'est empalé sur le pic de la grille métallique, mais il n'en est pas mort. « Il y a un Dieu pour les ivrognes », notèrent avec envie les bigotes aquaphiles, qui voguent à sec dans les bénitiers stériles de leur foi rabougrie. La dernière fois que j'ai vu Serge Gainsbourg en public, il suintait l'alcool pur par les pores et les yeux, et glissait par à-coups incertains sur la scène lisse d'un palais parisien, la bave aux commissures et l'œil en perdition, cet homme était mourant. Un parterre de nantis bagués et cliquetants l'encourageait bruyamment à tourner autour de rien en massacrant les plus belles chansons nées de son génie.

Irrésistiblement, ces cuistres-là m'ont fait penser aux ploucs, et lui à Chaminade.

# GASTRONOME

Dieu, hostie ou pas, est un plat qui se mange froid !

# GÉNÉRAUX

Vous savez comme sont les généraux. En temps de paix, ils s'étiolent. La monotonie des jours sans carnage assombrit leur beau regard d'aigle. Ils n'ont personne à tuer, ils se sentent inutiles.

# GENÈSE

Le premier jour, Dieu dit : « Que la lumière soit. » Et la lumière fut. Le deuxième jour, Dieu créa le ciel et les étoiles, et les planètes. Le troisième jour, Dieu créa Line Renaud, ce qui nous explique, avec le recul, qu'elle soit moins fraîche aujourd'hui. Le quatrième jour, Dieu dit : « Que la Terre soit. » Et la Terre fut, avec ses ruisseaux pleins de gaieté, les arbres pleins d'oiseaux et ses animaux pleins de poils. Alors vint le cinquième jour, et Dieu créa la mer profonde et insondable aux multiples rivages et aux abysses infinis où, tandis que le requin chasse, le mérou pète.

Le sixième jour enfin, Dieu contempla son œuvre et se dit soudain que toute cette splendeur ne servirait à rien s'il n'y mettait un être supérieur qui pourrait dominer ce trésor inépuisable. Alors Dieu dit : « Que l'homme soit », et le con fut.

Le septième jour, Dieu se reposa, car c'était son jour, et parce qu'il avait fait tout seul les trois-huit. Il était très satisfait de son œuvre et contemplait l'homme qu'il avait créé à son image.

Et Dieu dit encore : « Tu t'appelleras Adam, tu me rendras grâce et louanges car c'est moi le patron, et tu vivras en paix dans l'Éden que j'ai créé pour toi, parmi les fleurs étranges aux mille senteurs inconnues et dans la douceur incroyable d'un été sans fin. Va et sois heureux, Adam. Le lion royal et l'humble chèvre sont tes amis, ton Dieu veille sur toi et les petits déjeuners sont servis dans la chambre jusqu'à neuf heures trente.

« Merci, mon Dieu, de me combler ainsi, dit Adam. Merci pour les fleurs, et pour le lion royal. Et merci pour l'humble chèvre. Dommage quand même qu'il n'y ait pas de gonzesse ! » Alors Dieu, du haut de son infinie miséricorde, entendit l'ultime vœu de sa créature qui l'implorait à genoux, infiniment vulnérable et attendrissante avec sa petite âme mesquine et ridicule, dans ce corps tout nu, anarchiquement velu, le tout déjà bourré d'angoisses existentielles insolubles : « Qui suis-je ? Où suis-je ? Où vais-je ? Quand est-ce que c'est Noël ? »

Alors Dieu dit : « Que la femme soit ! » Et la femme jaillit de la côte d'Adam, splendide et nue, et les anges s'extasièrent car c'était la première fois qu'on voyait une femme à poil sur la Côte.

Puis Dieu dit à la femme : « Allez en paix tous les deux dans mon paradis, chantez, dansez, embrassez qui vous voulez, mais surtout, surtout, j'insiste, ne touchez jamais au fruit défendu, il est traité au diphényl-tétra-chlorobenzène. » De ce jour, Adam et Ève connurent un bonheur exquis. Ils ne connaissaient pas le froid, ni la faim, ni la peur, ni la maladie, ni Julio Iglésias !

De l'aube au couchant, ils passaient leur temps à courir au ralenti dans les champs de coquelicots comme dans les films de Claude Sautet.

Mais l'ignoble, l'immonde, le chafouin, le répugnant, l'infâme, la bête, le monstre, Satan, Méphisto, Belzébuth, le Malin, le Diable veillait. Il était laid comme un concerto de Schönberg. Habilement grimé en vipère commune, il se cacha dans l'arbre aux fruits défendus. Quand Ève passa sous l'arbre, il laissa glisser son corps glacé autour du cou diaphane de la pulpeuse jeune femme dont les seins lourds auraient joué librement sous le léger corsage de soie, si elle avait porté un léger corsage de soie.

« Femme, dit le diable, prends ce fruit superbe et gorgé des mille sucs divins de l'éternel paradis. »

« Miam, miam, dit Ève en croquant dans la golden maudite. C'est tellement bon que c'est presque un péché. »

Et elle en fit croquer un morceau à son concubin.

Alors la colère de Dieu fut terrible. Et c'est depuis ce jour-là que l'homme, à jamais chassé de l'Éden, doit racheter sa faute par le travail. Dieu est peut-être éternel, mais pas autant que la connerie humaine.

# Jean Genet

Jean Genet a toujours su faire éclore les plus fragiles pervenches sur la boue de ses turpitudes.

# Gentleman

Il n'y a plus de gentleman. « *A gentleman is a man who can play the bag-pipe and who does not.* » Un gentleman, c'est quelqu'un qui sait jouer de la cornemuse et qui n'en joue pas, affirme un dicton anglais complètement suranné. Les gentlemen d'aujourd'hui ne savent pas jouer de la guitare électrique et ils en jouent... et ils en jouent...

# José Giovanni

Depuis les temps immémoriaux où je m'écartèle quotidiennement les sphincters cérébraux pour pondre tant bien que mal de laborieux textes haineux contre des gens que je ne hais même pas, il est arrivé ce qui devait arriver.

Je n'ai strictement rien à dire. Je suis comme frappé d'hypotension et d'inappétence inquisitrices, tari, creux, vide, exsangue, en panne, décérébré, subéreux, non-pensant, débranché, sous-demeuré, cataleptique, hypo-courroucé, sub-colérique et non-hargneux, inexistant, pétrifié, raplapla, dépressif, barbitural, anorexique, flagada, neurasthétnique, sub-léthargique, semi-lunaire, et para-légumineux. Ne cherchez pas à rayer la mention inutile, il n'y en a pas.

J'ai beau me forcer, j'ai beau me pousser l'âme au cul, je ne parviens pas à fixer mon attention chancelante sur vous, monsieur Joseph Giovanno.

Vous vénérez Napoléon parce que vous êtes corse, ce qui constitue à mon sens la raison la plus totalement incongrue d'aimer Napoléon. C'est pas parce qu'elle est née à Boston que ma sœur vénère L'Étrangleur. Vous n'aimeriez pas mourir dans votre lit, mais entre nous, je vous le demande du fond du cœur, qu'est-ce que ça peut me faire du moment que vous ne venez pas mourir dans le mien ? J'ai failli me réveiller en prenant connaissance d'une réponse que vous avez faite à la question : « Quel est votre compositeur favori ? » Vous avez répondu : « Aranjuez et ses concertos. » C'est légèrement rigolo quand on sait qu'Aranjuez n'a jamais écrit un seul concerto, pour la bonne raison qu'Aranjuez est le nom d'une ville et non pas d'un compositeur. Lequel se nomme Joachim Rodrigo et composa *Le Concerto d'Aranjuez*, cette lourde roucoulade sirupeuse en l'honneur des jardins luxuriants de cette vieille cité des bords du Tage. Alors, que vous dites : « J'aime Aranjuez et ses concertos, je pourrais les écouter des heures, des jours, des mois sans m'en lasser jamais », comprenez-moi, monsieur Grovannot : je ne ris pas de votre inculture musicale – moi-même, comme vous, je serais incapable de dire qui a écrit le *Boléro de Ravel* et où s'est passée la *Bataille de Marignan*. Il va de soi que nos petits trous de culture, comme toutes les autres formes de notre pauvreté, ne prêtent pas à rire. Ce qui me secoue le diaphragme malgré ma torpeur, c'est d'imaginer que vous puissiez écouter des heures, des jours, des mois, des concertos qui n'existent pas. Remarquez que je m'en fous aussi du moment que vous n'abîmez pas ma platine en venant les écouter chez moi. D'ailleurs moi, je n'écoute que la musique de Claire de Lune. J'adore toutes ses sonates.

# JEAN GIRAUDOUX

Jean Giraudoux, de son vrai nom Jean Giraudoux, est né à Bellac le 13 octobre 1882, à deux heures et quart du matin, à six mois près, ne chipotons pas.

Il est mort au printemps 1944, alors même que les Allemands tentaient encore d'entrer à Moscou.

Giraudoux nous a quittés au moment même où Hitler se demandait si finalement il aurait pas dû se faire peintre. Pour la France des Lettres et des Arts, la perte de Giraudoux fut un coup terrible. Moi-même, je n'arrive pas à m'en remettre. Alors je bois, et pour tuer le temps j'attends l'ouverture du gérant Nicolas.

# GISCARD D'ESTAING

Vous l'ignorez peut-être, mais c'est grâce aux ventouses qu'il se faisait poser tous les soirs par sa femme, que l'ancien président de la dernière vraie République française affichait à tout moment une forme éblouissante qui lui permettait de réussir toutes les conneries qu'il entreprenait. Un soir de mai 74, où j'avais été invité à l'Élysée avec Lecanuet et Rocard pour fêter la défaite de Mitterrand, j'ai assisté à la pose des ventouses présidentielles. Le rituel était toujours le même. Les invités faisaient cercle autour du lit royal sur lequel la présidente posait les ventouses chauffées à la bougie sur l'auguste dos. À chaque ventouse, le président, qui est un homme extrêmement courtois, se retournait vers sa femme et disait : « C'est une excellente ventouse. Je vous remercie de me l'avoir posée. »

# GREC ANCIEN

Observons un Grec ancien : il est enveloppé dans un drap, il tient un parchemin et il apporte au monde la civilisation.

# HERSANT

Hersant a toujours été un homme discret et très effacé, notamment pendant la Résistance.

# HIGELIN

Je dois à Aragon l'une de mes plus grandes déceptions de jeunesse. Tout au long d'une adolescence fiévreuse – dont à 48 ans sonnés je désespère de sortir vivant – j'ai tenté d'assouvir ma soif inextinguible de la musique des mots en me plongeant avec délices et volupté dans les vers irrémédiablement sublimes de ce maître inégalé de l'artisanat du verbe. À travers les pages éclatantes et douloureuses des *Yeux d'Elsa*, où cet homme célébrait sans mesure ni prudence le culte absolu de la femme de sa vie, l'idée ne m'effleurait même pas que son cri ait été feint, son chant simulacre, et sa foi en l'avenir de l'homme réduite à la seule dévotion bigote qu'il voua jusqu'à sa mort à Joseph Staline personnellement.

Je suis un peu mort le jour où j'ai compris que le beau Louis avait en réalité vécu, pendant près d'un demi-siècle, dans la haine d'une gorgone glaciaire qui le terrorisait de ses yeux blancs et qu'il détestait d'autant plus âprement qu'elle n'avait de cesse de pétrifier en lui la frétillance homosexuelle qui l'habita toujours.

Ainsi, monsieur, tandis que je me bouleversais au bord des larmes, dans ma chambrette estudiantine, à vous entendre dire « que serais-je sans toi que ce balbutiement », vous gambadiez aux pissotières quand elle n'était pas là.

Aussi bien, m'estimant trahi, me suis-je cru autorisé à glousser franchement sur votre mémoire, à l'heure où vos coreligionnaires en moscoutisme s'affligeaient au-dessus de vos longs cheveux blancs soyeux à jamais épandus sur le coussin de soie rouge où vous étiez couché, et seul encore, mais pour de bon.

La déception que je dois à Jacques Higelin est plus petite. Point aussi grand, le bonhomme tombe de moins haut. Après quelques brèves rencontres professionnelles autour de micros anodins, j'ai ressenti, un matin, un courant fragile, mais sûr, de sympathie passer entre Higelin et moi. Pour une amusette anodine que nous nous étions pouffée au nez. Il était parti de son rire cascadant éraillé, souligné d'un clin d'œil camarade qui m'alla droit au cœur. Je me sentais touché et pas peu fier de la fraternelle attention que cet homme, si princièrement au-dessus de la masse des rockers ordinaires, daignait ainsi m'accorder.

Depuis le début des années Pompidou et jusqu'à hier soir où je l'ai ouï encore s'époumonant crânement sur la FM dans une parodie d'opéra flibustier issu de sa folie, il ne m'avait jamais semblé que cet homme, superbement désespéré, beau comme un gladiateur de vingt ans et si fort doué pour la musique, fût capable de bassesse ou de compromission. C'était, de ma part, aveuglement de fan.

Je lis ce matin, dans un hebdo digne de foi, que Jacques Higelin vient de publier un livre. Je me dis : Le voici qui nous fait une colère sur papier. C'est bon, c'est bien, ça manquait.

Ô déception cruelle, horreur, déconvenue
Mon barde préféré, boute-feu, mousquetaire,
Se commettant plus bas qu'un Talleyrand vendu,
Venait de prostituer ses amours militaires.

Mon chanteur d'élite publiait à tous vents les lettres d'amours adolescentes qu'il envoya jadis, depuis l'Algérie ferraillante où on le vit kaki, à la petite fiancée qui l'attendait au pays.

Infâme, impardonnable, et double outrecuidance ! Poussant ici l'impudeur à son point culminant et

surestimant là, démesurément, les qualités litté-
raires d'un gribouillis de basse caserne indigne
d'un kiosque de gare, Higelin mon frère, tu viens
de chuter durement dans l'estime du plus fidèle
partisan de ta gouaille assassine et trépidante.

Qu'on me comprenne. Je ne veux pas donner de
leçon, et suis fort bas moi-même.

Mais pour salaud qu'on soit, on n'est pas moins
naïf et susceptible de déceptions.

# HIMMLER

« C'est à ses vêtements élimés qu'on reconnaît le
communiste », disait le regretté Heinrich Himmler,
qui était toujours très propre sur lui. Himmler, je le
précise à l'intention des jeunes et des imbéciles,
n'était pas un gardien de but munichois, mais un
haut fonctionnaire allemand que le chef de l'État de
ce pays avait plus spécialement chargé de résoudre
le problème de la surpopulation chez les commer-
çants en milieu urbain, par la création de voyages
organisés gratuits. C'était un homme affable, volon-
tiers rieur et primesautier. Il avait de longues mains
très blanches, il adorait les fleurs et les chiens de
berger, si possible allemands avec pedigrees. Pendant la guerre, cet homme délicat préférait passer
ses week-ends à Amsterdam plutôt qu'à Auschwitz
où les apatrides pissaient sur les tulipes.

# HISTOIRE

Austerlitz, c'est nous. Auschwitz, c'est loin.

# HISTOIRES

J'aime bien les histoires qui finissent mal. Ce sont les plus belles car ce sont celles qui ressemblent le plus à la vie.

# HOMMES POLITIQUES

C'est fascinant de savoir que des gens éminemment préoccupés du sort de la France dont l'œil grave et la démarche austère qu'ils ont pour gravir les marches de l'Élysée nous révèlent à l'évidence l'abnégation, le courage et la volonté qu'ils mettent à poursuivre le combat pour le mieux-être

de l'humanité et l'agrandissement de leur gentilhom-
mière, c'est dingue de penser que ces grands servi-
teurs de l'État se reproduisent comme Rantanplan,
entre un petit déjeuner avec Arafat et un dépôt de
gerbe sous l'Arc de Triomphe.

# Victor Hugo

Si l'on en croit la première version (remaniée dix
ans plus tard) d'*Oceano Nox*, dont le manuscrit ori-
ginal vient d'être retrouvé aux Archives nationales,
on peut douter de l'hétérosexualité de Victor Hugo.

En effet, le grand poète avait seize ans en 1818
quand il s'engagea comme mousse. C'est alors
qu'il jeta la première ligne de son chef-d'œuvre
lyrico-maritime :

Ô, combien de marins ? Dix-huit ? Ça fait beaucoup.

# Humanisme

Chaque fois qu'il m'est donné de croiser le
regard éperdu d'amour d'un chien sans inquiétude,
chaque fois que mon gros chat noir prétentieux

vient se coller à ma cuisse en me ronronnant ses désirs de caresses érotiques, chaque fois que le vieux percheron de labour en retraite qui finit sa vie paisible dans un champ près du mien s'en vient dodeliner de la croupe à ma rencontre pour une poignée d'herbe sèche que j'arrache au fossé, chaque fois, je repense au cri profond gorgé d'humanisme que la délicieuse petite Stéphanie de Monaco ne put retenir un jour devant les caméras de TF1, alors qu'on évoquait devant elle la sanglante boucherie des corridas espagnoles : « Après tout, avait-elle dit, les animaux sont des êtres humains comme les autres. »

# Hymne national

Si les ministères concernés m'avaient fait l'honneur de solliciter mon avis quant aux paroles de *La Marseillaise*, j'eusse depuis longtemps déploré que les soldats y mugisassent et préconisé vivement que les objecteurs y roucoulassent, que les bergères y fredonnassent et que les troubadours s'y complussent.

Et puis d'abord, pourquoi un seul hymne pour tout le monde ?

# Hypocrisie

Pourquoi cette hypocrisie dans le vocabulaire ?

Parce que nous nous sentons confusément coupables de laisser nos semblables diminués croupir dans leur solitude. On ne dit plus un vieux, un infirme, un sourd, un aveugle, un crétin, un impuissant. On dit une personne du troisième âge, un handicapé, un non-entendant, un non-voyant, un non-comprenant, un non-baisant.

De même qu'on ne dit plus un avortement mais une interruption volontaire de grossesse, ceci afin de ménager l'amour-propre du fœtus.

# Hypothèse

J'ai envie de suggérer une hypothèse, selon laquelle la faible participation des femmes sur la scène politique serait le simple mépris qu'elles en ont.

# Imbéciles

Il ne faut pas désespérer des imbéciles. Avec un peu d'entraînement, on peut arriver à en faire des militaires.

# Information

C'est la vieille technique des hebdos accroche-cons, lèche-malades et branle-minus ; on vous titre sur huit colonnes, en lettres grasses et graisseuses, quelque chose de bien cradingue, qui vous accroche la bête au plus bas de son cortex ou de son caleçon.

Par exemple on peut très bien écrire sur dix colonnes :

LE PRINCE RAINIER REMARIÉ
AVEC ALAIN AYACHE ?

Tout le bon goût et l'élégance sont dans ce point d'interrogation qu'on peut d'ailleurs alterner avec une autre forme d'escroquerie journalistique banale que j'appellerai l'insinuation négative. Exemple : « Il

n'y a rien entre le prince Rainier et Alain Ayache. »
Alors que bon...


# INTERROGATION

Pourquoi ? Pourquoi cette fausseté dans les rapports humains ? Pourquoi le mépris ? Pourquoi le dédain ? Où est Dieu ? Que fait la police ? Quand est-ce qu'on mange ?


# INTRODUCTION

Dire « d'autre part », sans avoir préalablement dit « d'une part », passe encore. Mais prenez l'inverse. Prenez un homme sain et imposez-lui le discours d'un bavard qui commence par « d'une part », et qui jamais, à aucun moment, ne dira « d'autre part », alors que son interlocuteur l'attend, le guette, et l'homme parle, parle, parle encore, et l'autre espère en vain, mais non, c'est démoniaque, ça ne vient jamais, c'est atroce. C'est comme ça que la Sainte Vierge s'est fait avoir par l'ange Gabriel. Imaginez cette pauvre femme chez elle, peinarde, attendant le 15 août (Joseph lui faisait sa fête le 15 août), quand l'ange se pointe. « Bonjour, je viens pour l'annonce »...

« Quelle annonce ? »

« D'une part, je vous salue Marie pleine de grâce, le Seigneur est avec vous, vous êtes bénie entre toutes les femmes », et blablabla et blablabla.

Et pendant ce temps-là, imaginez la pauvrette attendant désespérément que cette grande volaille se décide à dire « d'autre part ». Eh bien non. Il ne l'a pas dit. Résultat : quand il est parti elle était déjà enceinte sans avoir compris ce qui lui était arrivé.


# ITALIE

Il y a deux sortes d'Italiens. Les Italiens du Nord, qui vivent au Nord, et les Italiens du Sud, qui meurent au Sud.


# JÉSUS

Jésus, loin d'être fils unique, avait quatre frères dont il nous parla peu, c'était un homme qui avait tendance à ramener le suaire à lui.

# JEUNES

Cette Seconde Guerre mondiale, les jeunes d'aujourd'hui, plutôt branchés sur l'imminence de la troisième, ont tendance à l'oublier. Cherchant l'autre jour à capter France-Musique, en tournant en vain l'aiguille de mon transistor dans la botte de foin des radios libres, je tombai par hasard sur deux péronnelles à peine réglées, à en juger par le timbre juvénile de leur crécelle, qui jouaient à faire un débat sur le thème de la drôle de guerre. « Ah ben moi, disait l'une, qu'est-ce que j'en ai à foutre que ça soye les Allemands ou que ça soye les Français qui-z-ont gagné la guerre. Nous, on est des jeunes et on a des problèmes des jeunes qui zont des problèmes... »

Boudins ! Si c'étaient les Allemands qui l'avaient gagnée, aujourd'hui, vous seriez peut-être au Vel d'Hiv en train de regarder trépigner le fils Goebbels. Sur le plan artistique, ça ne serait pas forcément nul.

Mais la différence c'est qu'aux galas nazis, si l'entrée est gratuite, c'est plus dur d'en sortir.

# JOURS DE FÊTE

Nous n'avons plus de religion. Nous, les catholiques. Si vous demandez à un musulman : « Qu'est-ce que vous faites pour le ramadan ? » Il vous répondra : « Je vais jeûner. »

Si vous demandez à un catholique : « Qu'est-ce que vous faites pour la Pentecôte ? » Il vous répondra : « Je vais chez ma belle-mère. »

Il est grand temps, mes frères, que vous vous replongiez dans les Écritures et sur vos prie-Dieu si vous voulez un jour tâter du ciel et peloter les anges.

Aujourd'hui catéchisme. Prenez un papier et un crayon, mettez-vous à genoux sur le carrelage. Bien. En titre : « Je connais bien les grandes fêtes de la religion catholique. »

*1) Noël*

Noël célèbre la naissance de Jésus-Christ, fils de Dieu, venu sur terre pour effacer les péchés du monde, mais il avait oublié sa gomme. Le père de Jésus s'appelait monsieur Joseph. Bien qu'il fût charpentier, monsieur Joseph n'avait pas de semence. Sa femme, madame Marie, dut faire appel au docteur Saint-Esprit qui pratiqua l'opération qui porte son nom. Par la suite, la mode des mères porteuses devait tomber en désuétude pendant près de 2000 ans.

## 2) L'Épiphanie

C'est le jour où les pieds nickelés de Dieu, Melchior, Balthazar et j'oublie toujours le troisième, apportent à l'Enfant l'or, la myrrhe et l'encens. La Vierge jette la myrrhe parce qu'elle ne sait pas à quoi ça sert.

## 3) Mercredi des cendres

C'est le premier des quarante jours de pénitence. C'est carrément le carême, au cours duquel le catholique doit moins boire, moins fumer, et faire la guerre avec une certaine modération, sauf si c'est l'ennemi qui a commencé. Pendant le carême, on prendra soin de se laver le derrière dans le noir pour éviter les mauvaises pensées. La veille du Mercredi des cendres, c'est le Mardi gras. Les cons se déguisent en imbéciles pour passer inaperçus.

## 4) Les Rameaux

Le jour des Rameaux, Jésus, monté comme, pardon, sur un âne, traverse Jérusalem au milieu des croyants en délire qui l'acclament en secouant des rameaux d'olivier.

## 5) Vendredi saint

C'est le jour de la mort du Christ. « Pal » l'aliment complet pour chiens, et la lessive « Lacroix » veulent l'un et l'autre sponsoriser l'événement. La candidature de « Pal » est repoussée. On choisit « Lacroix ». Les maîtres-autels y auront gagné en esthétique. À 15 heures, le Golgotha s'enflamme de mille couleurs extraordinaires. C'est Dieu le père qui fait son intéressant. Malheureusement, le fils ne peut pas applaudir.

## 6) Pâques

C'est la grande fête de la résurrection. Trois jours après sa mort, Jésus soulève la pierre tombale de son caveau de famille et va prêcher la bonne parole chez l'apôtre Thomas et sa femme Chantal, l'inventeuse du suaire-mono.

## 7) La Pentecôte

C'est le jour où le Saint-Esprit, sous forme de langues de feu, descend sur les apôtres pour leur insuffler une foi nouvelle. Les premiers chrétiens ont longtemps célébré cette fête en allant chez leur belle-mère.

## 8) L'Ascension

Tout Jésus plongé dans une prière reçoit une poussée de bas en haut qui le renvoie chez son papa. C'est le théorème de l'ascenseur.

## 9) L'Assomption

Chaque année, le 15 août, la Vierge Marie, dont nous avons relevé plus haut les singularités gynécologiques, pond un œuf. Les protestants, qui ne croient pas au dogme de la Vierge, ont longtemps marqué leur hostilité à cette croyance en allant chez leur belle-mère le jour de l'Assomption.

## 10) La Toussaint

C'est la fête de tous les saints. Le lendemain, 2 novembre, jour des trépassés, les catholiques vénèrent leur belle-mère en allant chez leurs morts.

# JACQUES LACAN

Jacques Lacan nous a quittés, trop tard sans doute par rapport à l'immensité de conneries qu'il avait encore à dire, et peu de temps avant Brassens, ce qui prouve que c'est pas toujours les meilleurs qui partent les premiers.

C'était notre rubrique: «Moquez-vous des morts, y peuvent pas se défendre.»

# BRICE LALONDE

Brice Lalond, on me dit que vous êtes écologiste? Est-ce bien raisonnable? Vous êtes amoureux de la nature? Je dis bravo. C'est beau. C'est sublime! C'est même incroyable qu'un garçon aussi peu gâté par la nature soit si peu rancunier...

# Christophe Lambert

L'ineffable Christophe Lambert, grande belle tronche molle, est l'ultime coqueluche des pétasses cinéphiles, avec son bon gros regard mi-clos de persienne hawaïenne et sa bonne grande bouche à gober les moules espagnoles, toujours entrouverte sur un demi-sourire béat aux lèvres charnues expertes à sucer les porte-clés à même le tableau du concierge du Carlton.

# « La Lettre »
## de Vermeer

Si tant est que la Providence m'ait jamais doté du moindre sens artistique, il m'apparaît qu'elle m'a plus généreusement ouvert aux joies de l'oreille qu'aux plaisirs de l'œil. J'ai connu d'exquis frissons du sacrum aux lombaires en écoutant Verdi, Charlie Parker ou Paolo Conte, et souffert des cervicales sous les sacrés plafonds vénitiens dégoulinants d'angelots Renaissance boursouflés au pinceau du Tintoret. Primaire et terrien, plus prompt à vibrer aux réalités palpables qu'à leurs représentations à l'huile, j'ai toujours préféré voir bouger de vrais culs de chair enrobés de soie plutôt que les images plus nobles et plus nues qu'en ont figé Renoir ou ses pompeux aïeux. Et le bouquet d'anémones épuisées cueillies dans mon jardin me charme mieux le cœur que les plus somptueuses floralies sur bois des établissements Bruegel.

Ainsi bâillais-je effrontément devant les quinze mètres carrés de *La Ronde de nuit*, en ce sombre matin d'Amsterdam et d'avril, dans la grande salle du Rijksmuseum où j'avais fui la pluie, quand j'eus soudain la sensation aiguë d'une présence derrière moi. C'était toi, dans ta veste à rubans bleue. En réalité, je t'avais probablement entrevue l'instant d'avant, mais ce n'est qu'après coup que je ressentais l'onde de choc de ta beauté cachée dans ce petit rectangle entoilé où tu n'en finis pas de relire la lettre de cet imbécile qui t'a mise enceinte avant d'aller faire la guerre en Artois. C'est une matinée fraîche. Le lait chaud fume dans le bol de faïence que ta fille aînée tient à deux mains, à l'autre bout de la table. Elle t'écoute. Elle est bien. Derrière elle, un soleil atténué filtre au carreau pour lui chauffer la nuque. Il souligne à peine la douceur irréelle de ton front d'Adjani. Voyeur confus de ton intimité, je ressens comme une douleur le calme indescriptible et surhumain qui irradie de toi. Mme Van Guldener, qui fait autorité dans les palettes, dit, parlant de toi, que « *le nœud qui dissi-mule en partie la joue du modèle est une diagonale mouvante qui conduit l'œil jusqu'au profil sen-sible tout en faisant disparaître une surface assez pauvre* ». Il me semble que Mme Van Guldener manque de simplicité. Elle n'est pas de ton milieu. Mais peu t'importe. Tu ne vis que pour cette lettre.

« *Chère Helena,*
« *J'espère que tu vas bien et que les enfants vont bien. Je vais bien. Mon cheval va bien. La guerre va bien. As-tu pensé à changer le velours des chaises bleues du séjour ?...* »
Sont-ils cons, ces militaires...

# BERNARD-HENRI LÉVY

C'est sous-jacent dans *La Barbarie à visage humain*, ouvrage de référence dont l'élévation de pensée politico-philosophique n'échapperait pas à un journaliste de *L'Équipe*, Bernard-Henri Lévy n'est pas que de la merde.

Malgré quelques besognes assez peu ragoûtantes – il fut notamment envoyé spécial du journal *Com-bat* au Bengla-Desh, d'où il rapporta sa première œuvre oubliable et le dégoût du riz complet –, Bernard-Henri Lévy est toujours resté très propre sur lui. On n'en dirait pas autant de tous les humanistes de ce siècle. Je pense, bien sûr, à François Châtelet qui ne savait pas cirer ses bottes, à Paul Léautaud qui sentait le pipi de chat, ou encore à René Char dont on m'a dit qu'il resta huit jours en caleçon pour écrire son *Nu perdu*.

Bernard-Henri Lévy est très joli, avec ses cols Claudine et son petit nez fin. Quand il bouge le cou, ses ondulations capillaires chatoyent aux sunlights en vagues émouvantes que la secrétaire bilingue aimerait caresser. C'est un homme fort séduisant.

Bernard-Henri Lévy pense juste et droit. Il estime qu'un peuple dont les maîtres à penser s'appellent Coluche ou Renaud est un peuple abêti. Et c'est vrai que quand le peuple écoute la voix simple et claire de ses enfants non agrégés, ça finit par nous foutre la pagaille. D'ailleurs ce n'est pas moi qui soutiendrais le contraire, Gavroche était un con.

# LIBIDO

C'est une histoire, morne à pleurer mais tant mieux.

Voici l'automne d'un couple uni en voie d'effritement. Elle l'aime. Il l'aime. Mais voilà tantôt vingt ans que cela dure. Il a laissé sa flamme érotique s'éteindre au souffle froid des habitudes. Elle, non. C'est une chaleureuse.

De chasteté lasse, elle se résoud à aller consulter, à l'insu du bel indifférent, un de ces sodomiseurs de mouches patentés qui s'enrichissent entre Freud et le Kama-Sutra sur le dos des mal-baisants, et que les sexopathes appellent sexologues.

« Votre problème est simple, madame, dit cet homme de l'art sub-ceintural. Votre mari souffre d'une poussée d'asthénie érectophobique flasque due à une non-sollicitation chronique de ses pulsions lubrico-conjugales. Je suggère que vous le provoquiez sexuellement en un lieu autre que le lit conjugal et à une heure totalement inhabituelle, afin de susciter en lui un désir venu de l'interdit qui pourrait s'avérer salvateur. Par exemple, au milieu du déjeuner, brusquement, entre le steak et la salade, vous virez la nappe, et hop, sur la table. »

La moralité de cette histoire, dont le chic anglais n'échappera pas aux familiers du pesage d'Ascot, nous enseigne qu'on ne doit pas mettre ses coudes sur la table.

# LION

Le lion est un gros con lâche et couard. Contrairement à d'autres félins moins bien cotés en brousse, il ne chasse pas seulement pour se nourrir, mais aussi pour le simple plaisir de tuer, comme n'importe quel officier de carrière. Et encore, à condition d'être en bande, et que le gibier soit malingre.

On a vu ainsi des lions se mettre à six pour massacrer un seul roquet sauvage arthritique : comptons les mêmes proportions pour un peloton d'exécution.

# LIVRE D'OR

Il faut noter que la corvée de la signature du livre d'or est, avec l'obligation contre nature d'embrasser les gens de son sexe pour leur dire bonjour, l'un des supplices les plus redoutables couramment pratiqués dans ce métier de pitre péripathétique où le souci de manger tous les jours m'a fait sombrer. L'objet vous tombe toujours dessus au pire moment, quand vous êtes accoudé, ronronnant sur votre cigarillo, face à un bon copain ou une maîtresse avenante, à la fin d'un banquet doucement euphorisant. Vlan. Livre d'or. Je ne sais jamais quoi mettre. Alors j'essaie de pomper sur les collègues en feuilletant à l'envers. « Merci. C'était vachement bon. Merci merci. Guy Lux. »

Quel con ! 190 francs une lotte à l'oseille, et en plus il dit merci ! À moi. Juste en dessous. « Merci. C'était vachement cher. Merci merci. »

Je préfère le style romantique (vu dans une auberge du Loiret) : « Comme l'automne alangui répand sur les feuilles rouges sa brise matutinale, la douceur de votre accueil fait rien qu'à apaiser mon cœur de la vie trépidante. Jacques Chancel[5]. »

Au moins, les authentiques poètes – c'est Chancel qui m'y fait penser – ont-ils le loisir d'écrire n'importe quoi. On n'en attend rien de mieux. Mais les rigolos, eux, se doivent de faire rire *aussi* dans les livres d'or. Ainsi Alain Cuny, l'irrésistible tourlourou des chapelles ardentes m'a-t-il fait m'esclaffer dans un charmant hôtel de Dieppe, dont il avait honoré le livre d'or de ce clinquant aphorisme : « Le livre d'or. Moi aussi. »

On ne lutte pas devant un tel esprit d'à-propos.

J'ai trouvé la solution lâche, dite méthode du coucou, en ce qu'elle a de parasitaire. Désormais, je me greffe sur la dernière envolée, quel qu'en soit le texte, j'écris « Moi aussi », et je signe.

Si vous passez par Mulhouse, allez donc dîner à L'Épicurien.

Demandez le livre d'or. Vous lirez, page 12 :

« Je m'ai bien régalée. Marguerite Duras. »

« Moi aussi. Pierre Desproges. »

5. Je cite de mémoire.

# Logique

J'essaie de ne pas vivre en contradiction avec les idées que je ne défends pas.

# Mathématiques

Ne surévaluons pas la conjonction « pourtant ». Elle indique l'opposition. Pas la négation. Nuance. Si je dis : « Jean-Marie Le Pen n'est pas fasciste. Pourtant... », la seconde proposition ne contredit pas la première. Elle ne fait qu'en souligner la singularité en lui opposant une anormalité conjoncturelle subjective de base.

# Mendès France

Lors de l'élection de François Mitterrand à la présidence de la République, monsieur Mendès France avait sollicité l'autorisation de servir lui-même un verre de lait aux enfants de France. « T'es trop gâteux, ça ferait du yaourt », avait alors répondu le chef de l'État de grâce, avec cette élégance du cœur qui le nimbe majestueusement depuis qu'il marche sur les eaux.

# LE MÉPRIS

Monsieur, vous ne respectez rien, dit le silencieux majoritaire au saltimbanque irrévérent. Vous raillez mon travail, insultez ma famille et charriez ma patrie.

Vous ricanez de mes idolâtries en croix, de mes rabbins frisés, de mes prophètes enturbannés. Qu'un rut impie vous taraude, et vous mettez la main au cul sacré des vierges fluo qui flottent au fond des grottes des Hautes-Pyrénées.

Vous pouffez sur mes drapeaux froissés et sur l'honneur au champ duquel tombent encore au Liban mes enfants sacrifiés aux bienséances guerrières de toute éternité.

National ou populaire, vous vous moquez du front. Mais le peu d'estime que vous inspire la République ne vous retient pas de narguer dans le même panier les Bourbons écartés, les Orléans démis, ou les Habsbourg d'Autriche-Hongrie.

Qu'un veuf bouffi principautaire, inconsolable sur son rocher immobilier, se mêle d'applaudir aux brames déchirants de sa cadette handicapée, et vous tonitruez d'abjecte hilarité.

Vous appelez un chat un chien, et donnez aux longues et cruelles maladies des noms de crabe nécrophage qui font peur aux transis. Vous n'avez nul souci de la sueur ouvrière, ni des sursauts boursiers.

« Permettez-moi de vous contredire, s'écrie l'iconoclaste assis sur les valeurs admises. Il n'est pas vrai que je ne respecte rien. N'en prenez pas ombrage et veuillez bien me croire : j'ai le plus profond respect pour le mépris que j'ai des hommes. »

# MITTERRAND

Si Mitterrand était allé sur la tombe de Jean Moulin avec un paquet de farine à la main, ça aurait fait rire. Il aurait été ridicule. Tandis qu'avec une rose, on n'a jamais l'air con.

# MONTAND

« Ah la la, Montand, qu'est-ce qu'il est resté simple, pour quelqu'un qui a serré la main de Khrouchtchev ! » Et alors ? Moi, mon oncle Gaspard, il a serré la main de Goering, il le crie pas sur tous les toits ! Y s'écrase !

# Musique

Je connais personnellement un perroquet parleur qui a repoussé les limites de l'imbécillité volaillère jusqu'à l'infini. Branché sur son perchoir, au-dessus des invités de la maison, avec des grâces altières d'empereur trichromosomique surplombant les arènes à chrétiens, un insupportable mépris fatigué dans la mimique dégoûtée de son bec hargneux, il lui arrivait de se réveiller soudain, à peu près toutes les vingt secondes, pour siffler à tue-tête les cinq premières notes de la marche du colonel Bogey : la musique du *Pont de la rivière Kwaï*. Comme disait Ray Charles, « il vaut mieux entendre ça que d'être sourd ».

N'était la chaleureuse amitié qui me lie aux humains que cet emplumé a apprivoisés, j'aurais depuis longtemps pris un plaisir exquis à lui défoncer la gueule à coups de clé anglaise ou à lui écarteler le trou du cul à l'aide d'un tisonnier chauffé à blanc.

Ah, la sale bête ! Que n'existe-t-il une association d'autodéfense contre les oiseaux qui chantent faux !

# Nature

Comment ne pas vibrer d'amour au spectacle grandiose des neiges éternelles de ces augustes sommets que le Seigneur créa un jour dans son infinie bonté écologique, pour que le chamois y broute en paix sa chamoise en regardant tomber les Boeing et pousser les pâquerettes. Comment rester indifférent à cette époustouflante splendeur de la nature qui nous prouve à l'évidence que Dieu, c'est pas de la merde ? Quel être sans grâce et sans cœur pourrait s'en moquer ? Hélas ! il existe des êtres infâmes qui se rient de la nature et qui, crachant dans l'Isère d'une main, piétinent les edelweiss de l'autre !

# Néron

Bien qu'il fût un vrai dur, saint Romain souffrait de son physique d'éphèbe extrêmement gracile qui fit dire à Néron le jour de son supplice :

« Ah ! Ce Romain ! Il est bon comme la Romaine... »

# Yannick Noah

Ce qui frappe d'emblée dans le personnage de Yannick Noah, ce n'est pas le tennisman. C'est le nègre.

Noah, Yannick. 18 mai 60. Taureau, ascendant Cancer.

C'est curieux la proportion de Taureaux ascendant Cancer parmi les sportifs. Personnellement, je connais un matador ascendant Taureau. Il a un cancer lui aussi.

# Noël

Cette année-là, Noël tombait bien, un peu vers la fin décembre. C'était ce qu'on appelle un Noël de cheval, c'est-à-dire qu'il tombait des flocons d'avoine. Ce détail empêche qu'il s'agisse d'un conte de Noël nimbé de tendresse bourrue, avec l'*Alléluia* de Haendel à la fin.

Sous les colonnes franchement ogivales de la cathédrale de Paris, les chrétiens congénitaux et occasionnels écoutaient l'archevêque tonitruer jovialement : « *Réjouissons-nous, mes frères, un*

*Messie vient de nous naître, à ma montre à quartz il est exactement minuit.* » Puis les cloches se mirent à clocher tandis que les familles moyennes se hâtaient frileusement de réintégrer leurs F4 enguirlandés pour bâfrer saintement en essayant d'oublier le Tiers Monde.

Dans les boîtes disco, les boudins blancs tressautaient en cadence. Les boudins noirs aussi, ne soyons pas sectaires. À la prison de la Santé, les gardiens distribuaient des baffes de Noël et des colis affectueux. Dans sa cellule du quartier de haute-surveillance-même-pendant-les-fêtes, l'étrangleur de mannequins se consolait en remâchant le vieux dicton : « *Noël en cabane, Pâques aux rabanes.* »

Au bord des autoroutes glacées, les pompistes ôtaient leurs pompes pour les mettre dans la cheminée. Et les pompiers, direz-vous ? Eh bien les pompiers aussi.

Frénétiques dans leurs chambrettes, les enfants qui croyaient encore au Père Noël empêchaient de dormir ceux qui n'y croyaient plus.

Quand le jour se leva dès l'aube, la neige avait recouvert de son blanc manteau la nature entière.

Vers onze heures du matin, les rues s'emplirent de réveillonneurs bouffis qui, encore bourrés de charcutailles jusqu'à l'arrière-glotte, allaient faire la queue à la charcuterie pour se regradoubler l'intérieur.

Noël est le seul jour de l'année où les hommes se conduisent comme les oies du Périgord, mais sans se forcer.

# Non-sens

On n'a quand même pas pris la Bastille pour en faire un opéra !

# Objectivité

Je ne suis pas raciste, mais il faut bien voir les choses en face : les enfants ne sont pas des gens comme nous. Attention. Il n'y a dans mon propos aucun mépris pour les petits enfants. Seulement, bon, il faut voir les choses en face : ils ont leurs us et coutumes bien à eux. Ils ne s'habillent pas comme nous. Ils n'ont pas les mêmes échelles de valeurs. Ils n'aiment pas tellement le travail. Ils rient entre eux pour un oui pour un non.

Un manque total d'objectivité et une dissolution navrante de l'esprit critique caractérisent généralement le discours laudatif des parents quand ils s'esbaudissent sur les mille grâces et les talents exquis de leur progéniture. Moi non.

Personnellement, je subis en permanence sous mon toit une paire d'enfants de sexe féminin, que j'ai fini par obtenir grâce au concours d'une jeune femme aussi passionnée que moi pour les travaux pratiques consécutifs à l'observation des papillons et je conserve le nécessaire recul de l'entomologiste glacé quand il me vient à l'idée de parler des miens. Je ne suis pas ébloui par eux. Je ne suis pas gâteux. Et c'est sans la moindre complaisance qu'à force de les observer dans leurs jeux et leur comportement affectif, je puis témoigner aujourd'hui que mes filles sont vraiment beaucoup plus jolies et drôles et intelligentes et gracieuses et pimpantes et rigolotes que les enfants des autres.

C'est vrai. Il faut me croire car je n'ai pas de preuve : je ne les exhibe jamais dans les lieux publics ou devant les journalistes à l'eau de rose qui m'en font parfois la demande. Ce n'est pas par pudeur que je ne montre pas mes enfants à tous les passants. C'est parce que je n'ai pas les moyens de payer la rançon.

# Observation

Tous bijoux à l'abri, je me contemple dans le miroir des lavabos, en jetant un œil surpris à mes camarades d'urésie qui s'ablutionnent vigoureusement les pognes ! J'ai toujours été frappé de voir les hommes se laver les mains après pipi. Seigneur ! Dans quel état d'abandon faut-il qu'ils laissent leur queue pour s'en souiller ainsi les doigts. J'aurais tendance à me les laver avant, pour ne pas salir l'oiseau.

# 11 Octobre 1982

Aujourd'hui, je n'ai rien à dire. J'en profite pour m'adresser aux dix députés du Parlement polonais qui, contrairement à leurs 450 collègues, ont voté samedi contre la dissolution du syndicat Solidarité.

Oh, je n'ai pas de message ! C'est pas mon affaire. J'ai seulement envie de vous dire « Bonjour ». C'est tout.

# Opinion

Malgré un égocentrisme foncier qui confine à l'hystérie, je ne peux m'empêcher de me sentir solidaire de tout journaliste attaqué.

Quand la Presse est muselée, c'est toujours un peu Hitler qui revient.

# Optimiste

Je déteste l'été. Tous les ans, c'est la même chose.

Dès les premiers vrais beaux jours, quand la nature est en fête et les oiseaux fous de joie, je regarde le ciel bleu par-dessus les grands marronniers de mon jardin, et je me dis : « Ah, ça y est, quelle horreur : dans six mois c'est l'hiver. »

# Ordures

Les étrangers basanés font rien qu'à nous empêcher de dormir en vidant bruyamment nos poubelles dès l'aube alors que, tous les médecins vous le diront, le Blanc a besoin de sommeil...

# Pangolin

Je voudrais présenter ici mes excuses au pangolin. Le pangolin est un mammifère édenté d'Afrique et d'Asie. C'est une bête éminemment pacifique. De ma vie, je n'ai jamais eu à me plaindre d'un pangolin. Pourtant, dans un petit livre que j'ai publié, je m'étais permis de porter un jugement blessant et péjoratif visant à discréditer l'image publique de ce paisible quadrupède. Pour faire sourire. Vendre du papier. Bassesse.

Par la suite, repris par le tourbillon de la vie, de mon travail, de mes amours, de ma santé préoccupante, car à 46 ans passés je n'ai toujours pas de cancer, j'avais fini par oublier le pangolin.

Or, mercredi dernier, l'un des prétendants de ma fille est entré furibard dans mon bureau, le livre en question à la main.

– Dis donc, t'es vraiment salaud avec les pangolins.

Après lui avoir fait remarquer que ce n'était pas là le ton convenable pour s'attirer les grâces d'un beau-père potentiel, je finis par lui accorder un bref entretien sur celui de mes genoux où n'était pas le chat.

– Pauvre pangolin, regarde ce que tu as écrit.

Et, en effet, à la relecture, je ressentis comme une méchante intention de blesser, dans la description physique et morale que j'avais brossée du pangolin.

– Mais tu sais, c'était pour de rire...

– N'empêche que ça peut faire de la peine. Tu serais un pangolin, ça m'étonnerait vraiment que ça te fasse rigoler. Il me montrait du doigt le passage incriminé : « Le pangolin mesure un mètre. Sa femelle s'appelle la pangoline. Elle donne le jour à un seul petit à la fois. Le pangolin ressemble à un artichaut à l'envers, prolongé d'une queue à la vue de laquelle on se prend à penser que le ridicule ne tue plus. »

– Je reconnais que j'ai tapé fort. Le mot « ridicule » est un peu dur.

– Oui. Dis donc, dans tes conneries tu devrais reparler des pangolins, pour que les enfants qui ont lu ton livre, ils voient bien que c'était pour de rire.

Alors bon : le pangolin. Le pangolin est un mammifère édenté d'Afrique et d'Asie, qui se nourrit de fourmis et de termites.

Il mesure un mètre. Son corps est couvert d'écailles très très belles et il ne ressemble pas du tout à un artichaut. Sa queue s'arrête juste bien quand il faut, c'est formidable.

Quand il a faim, le pangolin a un truc que même dans la jungle aucun fauve il est même pas cap, tellement qu'il a les boules. D'abord, il trouve une fourmilière grâce à son flair super. Avec son nez pointu et ses griffes super, il s'enfonce au milieu de la fourmilière. Après, il entrouvre toutes ses écailles très très belles, qui sont de la taille d'une petite feuille d'artichaut mais très très belle.

À ce moment-là, le pangolin réfléchit très fort avec sa concentration, et une petite goutte sucrée comme du miel se met à suinter sous chaque écaille. Et alors toutes les fourmis, des milliers de fourmis se jettent dessus. Et le pangolin, sans rigoler alors que ça chatouille mais il est super-concentré, attend que les fourmis soient arrivées, et clac, il renferme toutes les écailles.

Après, il sort de la fourmilière, il va dans un coin tranquille, il rouvre ses écailles, il se secoue très fort, et les fourmis tombent autour et il les mange.

C'est une bête formidable, sauf qu'elle traverse sans regarder et c'est très dangereux.

# PEINE DE MORT

Je vous le demande en votre âme et conscience : sans la peine de mort, est-ce la peine de vivre ?

# PIERRE PERRET

Pierre Perret, vous qui semblez un homme normal comme moi avec votre trogne de chanoine lubrique à culbuter les nonnes, Pierrot, mon frère, comme moi tu sais ce que jouir veut dire ; tu peux prendre la même extase à téter une femme du monde qu'à sucer un figeac 71, à mordre dans un sein blanc d'adolescente exquise ou dans la chair fondante d'une échine attendrie nimbée à peine de l'effluve tendre du girofle poivré que la moyette blanche entomatée de rouge atténue sous ta langue affolée où le jus flamboyant de la treille gicle en un spasme lent entre tes grandes lèvres offertes...

Pourquoi croyez-vous que les petits enfants faméliques aux yeux fiévreux du Tiers Monde, qui s'étiolent et se fanent pendant que nous bâfrons, pourquoi croyez-vous que ces enfants-là ont parfois le regard mauvais ? C'est parce qu'ils ne savent pas apprécier un bon cassoulet ou un bon vin.

Pourquoi croyez-vous que le regretté chancelier Hitler ait affiché toute sa vie sur sa noble tête aryenne cet air atabilaire et bougon qui lui valut une certaine réputation d'intolérance auprès des milieux cosmopolites européens ? Parce qu'il ne savait pas se tenir à table.

# POINT DE VUE

Les aryens, c'est beau mais c'est con.

# POIROT-DELPECH

Il faut avoir lu *Mein Kampf* et *Le Capital* avant d'aborder Poirot-Delpech, sinon on comprend pas bien le Front populaire, et ça fait moins rigoler à la fin quand les boches arrivent...

# POLLUTION

L'essence, c'est indispensable. Sans l'essence, ma propre femme, que j'aime par-dessus tout malgré ses doigts jaunes, ses poumons bitumés de nicotine et l'indestructible parfum de gauloise froide qui stagne dans ses jolis cheveux auburn et me donne l'impression, aux heures de tendresse dans le noir, que je culbute un chauffeur routier tabagique, ma propre femme, dis-je, sait que l'essence est un besoin indispensable. Sans l'essence, sans la bagnole qui pue elle serait obligée de marcher, pour faire les trois cents mètres qui la séparent de son bureau de tabac ! Marcher ? C'est horrible, mais les clopes c'est indispensable pour bien se bitumer les bronches.

# PORNOGRAPHIE

La rigueur morale et la hauteur de pensée se chevauchent comme des bêtes.

# POST-MORTEM

Je résiste à la tentation de m'asseoir à la droite de Dieu de peur que ça soit bon. C'est par morale chrétienne.

# POUVOIR

Minute de réflexion : Prends ta tête à deux mains, mon cousin. Réfléchissons : Quel pouvoir humain est plus absolu que le pouvoir des parents sur les enfants ?

Avant de fouetter ses serfs ou de décréter un couvre-feu arbitraire, le dictateur le plus méchamment obtus, le tyranneau le plus définitivement cruel, s'entoure au moins de l'avis d'une poignée de conseillers qui peuvent éventuellement infléchir ses outrances. Hitler lui-même n'envahissait pratiquement jamais l'Autriche-Hongrie sans avoir préalablement consulté son berger allemand.

Mais qui contrôle le pouvoir des parents ?

N'est-il point tout à fait consternant de constater, en ce monde entièrement bâti sur la répression depuis l'affaire de la Golden maudite au paradis terrestre, que n'importe quel adulte, sous prétexte qu'il a, le plus souvent par hasard, pondu un rejeton, n'est-il point stupéfiant, m'insurgé-je, de constater que le susdit adulte a le droit absolu de triturer impunément la personnalité d'un enfant sans encourir la moindre punition de la société ?

Injuriez un pandore, volez une pomme ou traversez la vie en dehors des passages protégés définis par la loi et vous risquerez la prison. Mais, sous votre toit, vous ne risquez nulle répression. Abrutissez votre gosse à coups d'idées reçues, détruisez-le à vie en le persuadant que la masturbation rend sourd ou que les juifs sont des voleurs, faites-en un futur con tranquille en lui enseignant que les femmes sont des hommes inférieurs, inoculez-lui sans répit votre petite haine rabougrie pour la musique arabe, la cuisine chinoise ou la mode sénégalaise, dégoûtez-le à vie de Brahms ou du rock new-wave, crétinisez-le sans retour en le forçant à faire des maths s'il veut être musicien, parce que vous auriez voulu être ingénieur.

N'ayons pas peur des mots : c'est contraire à l'esprit de la Déclaration des droits de l'homme.

# PRÉFACE

Pour assurer le succès[6] d'un livre, il peut arriver que son auteur soit amené à quelques bassesses, perpétrées le plus souvent en sournoise harmonie avec son éditeur.

Mon expérience personnelle et celle des moins illettrés de mes amis et parents me laissent à penser que le lecteur moyen ne lit pratiquement jamais les préfaces des livres. Certes, je partage avec mes confrères en littérature (Julien Green, Bertrand Poirot-Delpech, Patrick Sabatier, etc.) cette idée fondamentale qu'un livre n'est pas fait pour être lu mais seulement pour être vendu. Mais encore faut-il que le geste crucial de l'achat, ébauché au moment où le lecteur s'empare d'un ouvrage de dessus de pile pour le feuilleter chez son libraire, ne soit pas tué dans l'œuf par l'aridité rébarbative du premier titre qui lui tombe sous les yeux. Or, je vous le demande en larmes et vous le donne en sang, quel titre est plus rébarbatif que ce mot plat et creux de « préface » qu'on vous colle d'entrée, comme le menu imposé des gargotes ordinaires ? À sa seule vue, le lecteur potentiel, pourtant avide d'engrais spirituel, repose l'ouvrage avec effroi et,

6. Le succès commercial, le seul qui vaille. Les succès d'estime ne conduisent jamais leur bénéficiaire qu'aux épinards sans beurre.

dans un geste de désespoir irrépressible, court s'abonner à *Pif le chien*.

C'est d'autant plus fâcheux que sous l'appellation aride de « préface » se cachent bien souvent de réels petits chefs-d'œuvre de littérature, véritables livres dans le livre.

Il me semble qu'à la place du mot préface celui de « prépuce », chargé d'érotisme trouble et porteur des plus belles espérances anticalotines retiendrait l'attention du cochon le plus sommeillant jusques et après le moment béni du passage à la caisse.

# Présentations

Les coutumes se perdent. Avez-vous remarqué combien les gens sont malhabiles et empruntés, de nos jours, face au rituel pourtant simplissime qui consiste à présenter ses amis les uns aux autres au début d'une soirée ?

Naguère, l'on disait – par exemple :

« Monsieur le grand rabbin, permettez-moi de vous présenter monsieur Jean-Marie Le Pen. »

Non. C'est un exemple idiot.

# Présidence
## de la République

Ne l'oublions jamais : le président de la République est le gardien de la Constitution, et pendant qu'y fait ça, il est pas au bistrot.

# Printemps

Au printemps, la nature change de peau. Les verdoissiers marronnent, les marronniers verdoient, le chat-huant hue, le paon puant pue, le matou mutant mue, Bernard-Henri Lévy refait sa mise en plis. Dans la rue, les femmes vont le buste haut, claquant le bitume d'un talon conquérant. Les manteaux qui cachaient les formes ont fait place aux jupettes qui montrent les candeurs de l'arrière-genou. Cette année, la culotte se porte sous la robe, et non plus dans le sac à main comme l'an passé. C'est une victoire de l'Église et du sida réunis.

Et pourtant, le temps est à l'amour, les effluves érotiques sont dans l'air qui sent le mur chaud et la sève des sous-bois. Dans les allées cavalières de la forêt de Chambord, les amants au crépuscule sont en feu. Sous l'œil allumé de l'écureuil astiquant ses noisettes, le merle et la merlette vont au plume et le cerf joue la biche.

# PSYCHANALYSE

« Faut-il réévaluer la spéculation astro-mythologique de Freud dans son approche structuraliste de la psychosomatique fliessienne ? »... Réponse : « Ah, ça dépend. »

# PUB

Schwarzenberg est pour l'euthanasie parce que c'est plus facile pour avoir sa photo dans *France-Dimanche* que quand on est contre.

# PUBLICITÉ

La plus géniale et plus subtile idée de la publicité, c'est d'avoir réussi en quelques années à se hisser dans l'opinion au rang d'un art nouveau.

Désormais les journaux bon chic-bonne gauche analysent minutieusement à longueur de colonnes les allégories paraphréniques sous-jacentes dans le message Canigou, on s'entre-décerne des trophées comme à Cannes, et on ne dit plus que l'on fait de la publicité : on fait de la communication.

# Rabelais

La base de la cuisine française repose avant tout sur deux ingrédients indispensables : le gros sel et le sel fin.

De même, la langue française est faite de mots à moutures variables. Petits mots, mots moyens, mots durs, mots doux et gros mots.

François Rabelais fut en son temps le plus éblouissant serviteur des belles-lettres françaises, non pas malgré, mais à cause de l'artisanale magie de son verbe dont les superbes jurons colorés déculottaient déjà ces hémiplégiques du langage qui cachent leurs mots crus et montrent au tout-venant leurs langues cuites, surbouillies, sans saveurs et sans images.

# Rage

La rage qui m'anime, c'est la haine du vautour. Pourtant je m'étais couché serein.

Je rêvais d'un exquis paradis, nimbé d'un ciel fragile aux improbables pluies où s'ébattaient les anges adorables et menus. Des hommes, des femmes, des enfants au rire de cascade fraîche, lançaient vers la nue le chant béni de l'amour universel, tandis que Dieu, immensément radieux et beau, régnait au milieu d'eux, les Blancs d'un côté, les Nègres de l'autre : le Paradis.

J'étais là, sur un petit nuage, au bord de l'extase, guillotinant des socialistes en croquant des fruits sauvages, quand soudain, avec une stridence infernale à vous couper le souffle, la sonnerie du téléphone retentit dans la nuit, brisant mon rêve comme on casse un cristal.

# Raillerie

Entre autres sujets de raillerie – où je me suis plu à vautrer mon ignominie congénitale –, le cancer, les cancéreux, les cancérologues et les gaietés de l'escadron métastatique viennent bien sûr en bonne position. Sans doute parce que la mort est quelque-fois au bout, et que la mort est la chose la plus extra-ordinairement amusante du monde, puisqu'elle atteint dans l'absurde des sommets inaccessibles à tous les autres avatars de la condition humaine.

# RANCUNE

Le drame peut avoir eu lieu quelque trente ans plus tôt. Trente ans, c'est long, mais contrairement à la concierge, le vengeur ne revient pas de suite. Il attend. Le vengeur oublie ses clés, Palerme, Josiane, le lait sur le gaz, mais il n'oublie jamais l'insulte mortelle à son honneur bafoué. Sauf si c'est un vengeur amnésique.

# RÉALITÉ

Certes, elle est cruelle l'heure où l'adolescente ou l'adolescent voit son corps lui échapper et se métamorphoser en un corps étranger, velu, acnéen, plein de fesses et de seins et de poils partout, alors que s'estompe l'enfance et que déjà la mort...

# Recherche

La recherche a besoin d'argent dans deux domaines prioritaires : le cancer et les missiles antimissiles. Pour les missiles antimissiles, il y a les impôts. Pour le cancer, on fait la quête.

# Reconnaissance

Claude Villers est un homme juste et bon qui m'a sorti de la médiocrité télévisuelle où je stagnais pour me plonger dans la nullité radiophonique où j'exulte.

# Régime

Dans les années soixante, les Grecs ont commencé à trop manger. Il a fallu mettre les colonels au régime. Les Grecs de tendance Mitterrand ont alors été chassés ou emprisonnés avec vigueur, et des familles entières ont été décimées, alors qu'Aristote Onassis continuait de culbuter des veuves présidentielles et à rigoler avec les colonels. Car les colonels sont de grands enfants.

# Reiser

Quand on observe attentivement une photographie de Jean-Marc Reiser enfant, on est frappé d'emblée par l'absence de gourmette et de pelisse de fourrure qui caractérise la vêture du sujet. Cet arrogant laisser-aller vestimentaire ne constitue-t-il point le signe de ralliement ostentatoire des pauvres ? Tout petit, Jean-Marc Reiser est déjà vulgaire.

« D'un père inconnu et d'une mère qui faisait des ménages, j'ai grandi en Lorraine dans le monde des prolos », avoue Reiser. À l'âge de huit ans, alors que le petit Régis Debray apprend déjà les bases du néo-romantisme castriste sur les genoux de Louis Aragon, Jean-Marc Reiser, lui, apprend déjà les bases du néo-scatologisme anarchiste en gagnant le premier prix du concours de châteaux de sable du *Figaro* grâce à son Mont-Saint-Michel entièrement réalisé en crottes de chiens.

Quand son père inconnu, un adjudant-chef impuissant et basané de type Préfontaines, venait besogner en vain sa mère au-dessus de l'évier en lui vomissant dans le cou les jours de paie, ce petit saligaud ne lui disait même pas bonjour ! Alors que si ça se trouve cet homoncule harakirien d'obédience aérophagique est peut-être le fils du soldat inconnu.

Qu'est-ce qui empêchait ce misérable de lui ranimer la flamme, pendant qu'il déposait sa gerbe ?

Chez Reiser, dans son œuvre impie, le cynisme et la trivialité graveleuse le disputent à l'ineptie pathologique d'un monde fantasmagorique répugnant, qui se gausse des plus sombres misères humaines et souille, dans le même bain de fange nauséeuse et d'inextinguible haine, Dieu, les anciens combattants, les syndicats, l'Église, les déportés, les congés payés, la SPA et la bombe atomique.

# REMERCIEMENTS

Au nom des trente millions de Français qui n'en ont rien à foutre du sport et des sportifs, mais que le terrorisme musculaire des vingt-cinq autres millions contraint à ingurgiter présentement des tombereaux d'images, de son ou d'écrits consacrés aux gesticulations sudoripares d'une poignée de quadrumanes en caleçon, je remercie vivement les tennismen qui se cassent une patte et les footballeurs qui ont la chiasse.

# Rite

La copulation, chez le footballeur, s'accompagne d'un rite amoureux immuable. Chaque dimanche, ces magnifiques vertébrés supérieurs se retrouvent par hordes de vingt-deux individus dans une immense clairière à l'herbe drue.

Après une période de danse désordonnée autour de la clairière, un de ces bestiaux envoie la balle entre les bois. C'est la femelle. Aussitôt cinq ou six mâles de la horde se jettent sur elle et l'enlacent, la serrent, la pétrissent, tandis que monte vers la nue ce hurlement d'un érotisme torride, si caractéristique de l'orgasme footballistique : « Ouailémèc, Alémèc, Adidonlémèc, Chapolémèc, Oualémèc. »

C'est tellement beau qu'on se prendrait à croire en Dieu.

# Routine

Pourquoi, Dieu me tripote, faut-il toujours-z-et-encore que, siècle après siècle, civilisation après civilisation, se répète inlassablement le terrible adage qui nous enseigne que le plus court chemin de la barbarie à la décadence passe toujours par la civilisation ?

# ÈVE RUGGIERI

Je dois à Ève Ruggieri un de mes plus beaux fous rires de bain. Elle était en train de nous raconter la vie tumultueuse de François-Marie Arouet et plus particulièrement ses rapports affectueux avec Frédéric de Prusse dont il lécha les bottes avec une frénésie dans la bassesse qu'on ne rencontre plus guère de nos jours que chez certains écrivains célèbres essayant de passer chez Pivot.

« Un jour que Voltaire se rendait à la résidence impériale de Sans-Souci, disait Ève, sa calèche, heurtant une grosse pierre du chemin, se renversa dans le fossé. On imagine alors la déconvenue du pauvre Voltaire, les quatre fers en l'air, à moitié enfoui sous les broussailles et dans la boue, en costume d'époque... »

On savait déjà que l'auteur de *Candide* avait inventé le fauteuil. Maintenant on sait comment il s'habillait.

# Rumeur

Elle est sale, elle est glauque et grise, insidieuse et sournoise, d'autant plus meurtrière qu'elle est impalpable. On ne peut pas l'étrangler. Elle glisse entre les doigts comme la muqueuse immonde autour de l'anguille morte. Elle sent. Elle pue. Elle souille.

C'est la rumeur.

Répondez-moi franchement : est-ce que j'ai l'air contagieux ? Je vous pose la question parce que le bruit court que j'ai le sida... Ça m'est revenu de la bouche d'un pédé – le bruit, pas le sida – qui le tenait d'un autre pédé – le sida, pas le bruit. Ce garçon – le pédé de la bouche duquel m'est revenu le bruit – m'a dit que l'autre garçon – le pédé qui avait refilé le sida au pédé par lequel m'est revenu le bruit – lui avait dit que Rika Zaraï – qui est actuellement avec Le Pen – ne le répétez pas – racontait partout que j'avais le sida.

C'est dégueulasse, Dieu m'embrasse, si possible pas sur la bouche. On ne sait jamais.

# JEAN-PAUL SARTRE

En voulant allumer un feu de cheminée avec des paperasses inutiles, je suis tombé hier par hasard sur une page du tome II de la *Critique de la raison dialectique* de Jean-Paul Sartre. Écoutez plutôt :

« Il faut revenir à cette première vérité du marxisme : ce sont les hommes qui font l'Histoire ; et comme c'est l'Histoire qui les produit (en tant qu'ils la font), nous comprenons dans l'évidence que la substance de l'acte humain, si elle existait, serait au contraire le non-humain (ou, à la rigueur, le pré-humain) en tant qu'il est justement la matérialité discrète de chacun. »

C'est extrait du chapitre intitulé « L'intelligibilité de l'Histoire », c'est pas très clair, « L'intelligibilité de l'Histoire ». Il doit s'être glissé une ou deux coquilles dans ce texte. Il suffit peut-être de changer un mot ou deux pour que l'« intelligibilité » devienne intelligible. Exemple :

« Il faut revenir à cette première vérité du marxisme : ce sont les puces qui font l'ordinateur, et comme c'est l'ordinateur qui les produit (en tant qu'elles le font), nous comprenons dans l'évidence que la "substance" de l'ordinateur, si elle existait, serait au contraire le non-puce (ou, à la rigueur, le prépuce) en tant qu'il est justement la matérialité discrète de chacun. »

Ou alors, il faut revenir sur cette vérité première du fascisme. En réalité, ce sont les étrangers qui foutent le bordel. Et comme c'est le bordel qui les produit (en tant qu'ils le foutent) nous comprenons dans l'évidence que la « substance » de l'anti-bordel, si elle existait, serait au contraire le non-bougnoule, ou, à la rigueur, le pré-bougnoule, en tant qu'il est la matérialité discrète de chacun.

Il faut bien voir que quand Sartre écrivait ce genre de conneries, à la fin des années 50, il ne se prenait pas encore au sérieux, il écrivait surtout pour faire rigoler Jean Cau.


# SAVOIR-VIVRE

Le savoir-vivre est la somme des interdits qui jalonnent la vie d'un être civilisé, c'est-à-dire coincé entre les règles du savoir-naître et celles du savoir-mourir.


# LÉON SCHWARTZENBERG

Cher docteur Léon,
Vous n'avez pas répondu aux cinq questions que je devais vous poser la semaine dernière sur l'antenne

de la station de radio Sky-Rock. Sans doute fûtes-vous frappé d'aphonie pour avoir excessivement dis-couru aux micros et lucarnes entre deux enterrements parisiens venteux et frisquets.

Aussi m'est-il permis de vous souhaiter que vous vous exprimiez plus aisément par écrit, d'autant que vous avez prouvé que vous étiez aussi doué pour la pêche au best-seller que pour la chasse au crabe.

Pitre approximatif et cancéreux potentiel, il va de soi que c'est en toute humilité que je vous pose en tremblant ces cinq questions que m'inspire la crainte de vos terribles pouvoirs radio-chimiques. Vous serez bienvenu d'y répondre par le mépris.

*Première question* : Le 21 novembre sur Europe 1, vous avez raconté en détail le délabrement phy-sique de Thierry Le Luron. Ne pensez-vous pas qu'à défaut d'y perdre des poils le secret profes-sionnel y a laissé des plumes ?

*Deuxième question* : Vous sentez-vous plus proche du sorcier bantou ou du médecin de campagne ? Autrement dit, pensez-vous que vous inspirez plu-tôt la crainte ou plutôt l'amour ?

*Troisième question* : Avez-vous un imprésario ?

*Quatrième question* : Vous sentez-vous plus utile à l'humanité (rayer la mention inutile :)
1) à TF 1 ?
2) à Antenne 2 ?
3) à FR 3 ?
4) à l'hôpital ?

131

*Cinquième question* : Ôtez-vous votre auréole pour dormir ?

PS : Surtout, cher docteur, ne vous tracassez pas pour mon avenir métastasique. Léon pour Léon, je préfère me faire soigner par Zitrone.

# SCOOP

Iran : L'Ayatollah durcit sa position.
Aïe, aïe, aïe, dit l'ayatolette.

# SHOW-BIZ

Dans ces métiers péripathétiques du show-biz et des médias, on rencontre beaucoup de monde. Cet environnement pléthorique est la porte ouverte à toutes les gaffes. On a beau avoir une excellente mémoire, cela n'empêchera jamais personne d'être incapable de reconnaître, au bout de dix ans de cocktails et de premières, une pétasse bien ravalée d'une star authentique.

# SÉGRÉGATION

La ségrégation consiste, de la part des Blancs, à respecter la spécificité des nègres en n'allant pas bouffer chez eux. Au reste, la cuisine bantoue est tout à fait exécrable tant sur le plan de l'hygiène alimentaire dont les Blancs sont très friands, que sur le plan du décor de la table qui laisse à désirer, c'est le moins qu'on puisse dire. Par exemple, ces gens-là mettent la fourchette à droite et le couteau à gauche !

# SEGUELA

Jacques Seguela est-il un con ?

De deux choses l'une : Ou bien Jacques Seguela est un con, et ça m'étonnerait tout de même un peu ; ou bien Jacques Seguela n'est pas un con,et ça m'étonnerait tout de même beaucoup.

Supposons que Jacques Seguela soit un con. Je répète supposons. Si Jacques Seguela est un con et que je le dis froidement, comme ça : « Jacques Seguela est un con », que se passe-t-il ?

Eh bien, il se passe qu'en vertu des lois démocratiques qui régissent ce pays, cet homme est en droit de me traîner en justice pour divulgation d'un secret militaire ! Parfaitement !

En 1939, déjà, tout le monde, en France, savait que le général Gamelin était un con, *sauf* les militaires. C'est ça, un secret militaire.

Supposons maintenant que Jacques Seguela ne soit pas un con. C'est une simple supposition. Si Jacques Seguela n'est pas un con, et que moi, Pierre Desproges, j'affirme le contraire, Jacques Seguela va voir un juge et le juge me condamne et colle trois briques d'amende à l'éditeur, qui est finalement le seul responsable après Dieu de toutes les insanités ordurières proférées dans ce livre.

# Sempé

Dans l'album de Sempé, *Comme par hasard*, pages 20-21, on touche au sublime. On voit un tout petit quadragénaire propret entrer dans une église. L'église est une cathédrale immense, baroque ou gothique, mais follement immense, et totalement déserte, et le petit homme est infiniment dérisoire derrière son sourire gentil et son parapluie gris. Et ce petit humain pousse la porte de l'église immense, et il regarde son Dieu formidable dont la fresque grandiose et terrible occupe toute la hauteur de la nef, et il lui dit simplement : « C'est encore moi ! »

Si j'étais Dieu le Père, j'aurais répondu au petit homme : « Écoutez, Sempé, mon vieux, si c'est encore vous, tant mieux. »

# Siné

Siné, la baguette sous le bras, et le béret sur la tête, comme un Guevara de gouttière, va sa vie à petits pas, tel un super-Dupont mou, plongeant mollement dans le fluide glacé de son troisième âge.

Comme les imbéciles et les morts, Siné n'a jamais changé d'opinions. Il s'est figé depuis deux décennies dans les mêmes clichés franchouillards de gauche où s'enlisent encore les laïcs hystériques de l'entre-deux-guerres et les bigots soixante-huitards sclérosés que leur presbytie du cortex pousse à croire contre vents et marées que *Le Canard enchaîné* est toujours un journal anarchiste, et le gauchisme encore une impertinence.

La constante dans l'œuvre de Siné, c'est que cet homme ne connaît pas le doute.

Que la vie serait plus belle si tout le monde doutait de tout, si personne n'était sûr de rien. On pourrait supprimer du dictionnaire les trois quarts des noms en « iste », fasciste et communiste, monarchiste et gauchiste, khomeyniste et papiste.

# Snobisme

Le snobisme est une maladie mentale qui pousse les éléments d'une population qui en sont atteints à s'habiller comme Michel Le Grubier.

Encore que l'exemple soit assez mal choisi, dans la mesure où le prestige (certain) de Michel Le Grubier n'éclabousse qu'une infime partie de l'humanité, en l'occurrence les autres employés du bureau de poste de la rue Jean-Jaurès, dont les escarpins pointus et les pimpantes rouflaquettes s'évertuent à évoquer tant bien que mal ceux de leur modèle. Aussi dirons-nous que le grubiérisme constitue en réalité une forme plutôt bénigne du snobisme dont, en revanche, les manifestations les plus graves peuvent pousser des milliers de boulangères, de masseuses-kinésithérapeutes, voire de simples coreligionnaires de Bernadette Soubirous, à singer unanimement non seulement la vêture, mais aussi les gestes, les goûts, les vices, les habitudes sexuelles de la grande-duchesse Charlotte de Luxembourg.

Comme la plupart des maladies mentales en vente dans les catalogues des psycho-psychiatres, le snobisme se caractérise essentiellement par une dégénérescence dramatique de la personnalité et une perte progressive du libre arbitre. Privé du moindre sens critique, le snob en est réduit à se ventouser l'ego et à se cloquer le sens artistique sur ceux d'une poignée de personnages quelconques, morts ou vifs, dont d'autres snobs leur font croire qu'ils sont à la mode.

L'une des formes les plus classiques du snobisme commun consiste à aimer Schönberg. Aux premiers accents atonalitiques du tintamarre dodécaphonique de ce petit pianoteur viennois, le malade ne peut se retenir de se prendre la tête à deux mains en soupirant avec intelligence, comme s'il écoutait de la musique. À la phase finale de la maladie, il peut même arriver que le snob schönbergien aime Schönberg *mais pas tout*.

Une autre forme de snobisme, infiniment plus subtile et plus pernicieuse, consiste à marcher comme Vasarely. En effet, la démarche de cette inféconde baderne picturale hongro-française spécialisée dans le coloriage des carreaux de cuisine, ne se distingue en rien de celle de mon beau-frère Henri qu'on gagne peu à singer, eu égard à l'étendue de son insignifiance. Nous dirons que le vasarélisme pédestre relève de la phase parano-masochiste du snobisme.

Quant à la phase paroxystique du snobisme, elle constitue un spectacle extrêmement pénible pour l'entourage bien-portant du snob.

Dans un premier temps, le snob, au bord de la crise, se met à pousser le snobisme jusqu'à ne plus aimer du tout Schönberg et à marcher comme Mozart, c'est-à-dire n'importe comment, comme ça, pour avancer. Puis, soudain, il va voir Tino Rossi au Casino de Paris et s'écrie « qu'il n'y a plus que ça qui (le) fasse bander ».

N'était le respect que j'ai du secret médical, je pourrais citer le nom d'un critique littéraire intelligentziaque parisien, nourri de Roland Barthes et expert en lacano-durasseries, qui se pâme ces temps-ci au bar des brasseries lippoïdes où il célèbre bruyamment les louanges du glouglouttant poussif insulaire susnommé. À ce niveau, le snobisme est incurable. L'euthanasie constitue alors la solution la plus raisonnable. Autant le strabisme est divergent chez Sartre, autant le snobisme est convergent chez l'Homme. Pour utiliser une image poétique, nous nous dirons que si l'Art était de la merde, les snobs en seraient les mouches. Heureusement, et je tiens à en remercier personnellement Dieu, toute épidémie de snobisme porte en elle les germes de son autodestruction. En effet, quand un trop grand nombre de snobs convergent vers le même point de chute (Schönberg, Tino Rossi, Lipp ou Michel Le Grubier), leur snobisme s'en trouve automatiquement annihilé, dilué, sans objet.

Exemple : Quand un quarteron de trouducumondains parisianistes, après s'être, au besoin, bassement avilis en indignes courbettes, obtiennent enfin le droit d'aller se faire insulter nuitamment dans la cave enfumée d'une vieille pétasse nocturne boursouflée de vulgarité scrofuleuse (prononcer : « une reine de la Nuit »), on peut parler de snobisme. Mais il en va tout autrement quand, par un prompt renfort, le quarteron se trouve mille en arrivant au port.

Quand quarante mille juifs s'entassent au Vel d'Hiv', il faudrait être armé d'une singulière mauvaise foi pour les taxer de snobisme.

# Sos-Racisme

J'adhérerai à SOS-Racisme quand ils mettront un S à Racisme. Il y a des racistes noirs, arabes, juifs, chinois, et même des ocre-crème et des anthracite-argenté. Mais à SOS-Machin, ils ne fustigent que le Berrichon de base ou le Parisien-baguette. C'est sectaire. Rappelez-vous ce fait divers : ce flic bourré du samedi soir qui avait buté un jeune Maghrébin d'un coup de flingue dans le buffet. Sans raison, comme ça. Couic, le bougnoule. Le samedi c'est pour se défouler. Ce qu'aucun journal, aucune radio, aucune télé n'a cru bon de préciser, c'est que le flic était noir. À mon avis, ce type de lacune châtre un peu l'information. Je me demande même si on ne pourrait pas appeler ça de la censure... Mais attention, faut pas me prendre pour un suppôt de Le Pen sous prétexte que je suis contre tous les racismes.

Je serais plutôt dégagé qu'engagé, en tant qu'artiste. Mes combats humanistes, je les mène dans le privé. J'ai pas de message, pas de credo, pas d'espoir, pas de colère. Je suis très content de tout ce qui se passe dans le monde. Je n'ai personne à convaincre. Je n'aime pas la chaleur humaine. Et puis j'ai sommeil...

# Spinoza

Quand l'État broute, la Presse rumine, disait Spinoza, dont le panthéisme exacerbé éclate à chacune de ses pensées. Sauf celle-là, qui ne signifie rien, c'était juste pour vous faire croire que j'avais lu Spinoza.

# Subtilité

Entre une mauvaise cuisinière et une empoisonneuse il n'y a qu'une différence d'intention.

# SUPÉRIORITÉ

Un homme ça ne s'épanche pas, un homme ça serre les poings, et ça monte en première ligne pour que vive la France.

Aux armes citoyens, au lit les citoyennes.

# SURPRISE

Les gens manifestent presque toujours une intense surprise et disent presque toujours « Qu'est-ce que tu fais là ? » quand ils rencontrent quelqu'un de connaissance en un lieu où eux-mêmes se trouvent sans que ça les surprenne.

# TALLEYRAND

Talleyrand, qui savait nager sur le dos et ramper sur le ventre comme personne, qui trahissait à Versailles comme on pète à Passy, c'est-à-dire sans bruit, a vécu tellement courbé qu'on a pu l'enterrer dans un carton à chapeau.

# TÉLÉVISION

La télévision, d'État ou pas, c'est quand Lubitsch, Mozart, René Char ou Reiser, ou n'importe quoi d'autre qu'on puisse soupçonner d'intelligence sont programmés à minuit, pour que la majorité béate des assujettis sociaux puisse s'émerveiller dès 20 h 30, en rotant son fromage du soir, sur le spectacle irréel d'un hébété trentenaire, figé dans un sourire définitif de hernie ventrale, et offrant des automobiles clé en main à des pauvresses authentiques sans défense et dépourvues de permis de conduire.

D'État ou pas, la télé, c'est comme la démocratie : c'est la dictature exercée par le plus grand nombre sur la minorité.

Dommage qu'on n'ait jamais rien trouvé de mieux que les drapeaux rouges ou les chemises noires pour en venir à bout.


# TIERS MONDE

La Sardaigne c'est beau comme la Corse sans les Corses et sans les Parisiens.

J'eus un grand choc bucolique l'été dernier, à quelques lieues de Cagliari. À l'heure supportable de la tiédeur du levant, où l'on peut encore arpenter la caillasse sans se brûler l'espadrille, j'étais allé renifler le matin sous les eucalyptus. Un berger m'est apparu au détour d'un buisson. Noir dans son coutil écorché, plié en deux sur un tabouret bas, il était en train de traire une grande brebis maigre aux yeux éteints d'agate usée dont la laine clairsemée se hérissait de chardons mauves épilés aux chemins morts.

Comme il me tournait le dos, je ne voyais de cet homme éternel que la nuque de tortue craquelée sous la casquette.

Il ne m'entendit pas approcher, et n'interrompit pas le chant qu'il psalmodiait au rythme millénaire de ses doigts sur le pis :

> *We are the world*
> *We are the children...*

Il chantait pour l'Éthiopie, et, de son sabot de bois usé, frappait la cadence en se vrillant le pied de droite et de gauche, comme dans le clip vidéo.

# Tourisme

Walesa à Paris voulait aller au Lido, on l'a obligé à voir Yves Montand...

# Vanité

« *Vanitas vanitatum et omnia vanitas* », disait l'ecclésiaste qui avait oublié d'être con, sinon il aurait jamais pu être ecclésiaste.

# Jean Yanne

La première fois que j'ai entendu Jean Yanne à la radio, je suis sorti de ma torpeur et me suis enfermé, seul, avec mon poste de radio. J'écoutais, subjugué, la rude voix faubourienne chargée d'iconoclastie salace et d'irrespect fondamental, de cet être affreux anarcho-nihiliste, qui singeait Bossuet, raillait les goitreux, et fustigeait dans le même panier de hargne des institutions françaises aussi sacrées que l'Évêché de Meaux, l'Académie française ou la CGT. Enfin je renaissais à la vie ! Pour moi, l'arrivée sur les ondes de ce messie diabolique annonçait les temps nouveaux d'une radio vraiment dégueulasse ! Enfin, c'était le monde à l'envers !

Enfin, on allait pouvoir prier dans les urinoirs et pisser dans les bénitiers !

Jean Yanne a plus fait pour la promotion du mauvais goût en France que Jaruzelski pour la promotion de Solidarnosc en Pologne.


# ZÈLE


La femme seule a toujours tort.

Pour peu qu'elle aspire à parader un jour au Who's Who des mères-courage et des infirmières à trois toques, la femme sera bien venue de peupler sa solitude.

La femme seule a toujours tort. La femme seule est scélérate.

Elle est seule au resto. C'est pour se faire draguer.

Seule au ciné, pour se faire peloter.

Seule dans la rue, pour se faire violer.

Seule au bois, pour se faire payer.

Seule au lit, pour dépeupler la France.

Seule au bal, parce qu'elle est moche.

Seule au monument aux morts, parce qu'elle est veuve de guerre.

Seule sous le sapin de Noël, parce qu'elle est veuve de paix.


La femme seule n'a d'issue que dans l'héroïsme, où nul ne se plaindra de la voir sombrer.

ABRUTI ................................................................... 17

AMOUR ................................................................... 19

ANGLAIS ................................................................ 20

ASPERGE ............................................................... 20

BAC ........................................................................ 21

KLAUS BARBIE .................................................... 23

GUY BEDOS ........................................................... 23

BERGSON ............................................................... 23

BESTIAIRE............................................................. 24

BIDE........................................................................ 26

BILLEVESÉE ......................................................... 27

BONHEUR............................................................... 28

BUVEUR D'EAU .................................................... 28

CALAMITÉS .......................................................... 29

CARNET MONDAIN.............................................. 29

CAVANNA.............................................................. 29

CHASTETÉ............................................................. 30

CHIRAC.................................................................. 30

CHÔMAGE.............................................................. 31

CINÉMA ............................................................ 31

CLUB MED ........................................................ 31

COCHON ........................................................... 32

DANIEL COHN-BENDIT ..................................... 33

COMMUNISTES ................................................. 34

CONCOURS ....................................................... 35

CONFÉRENCE DE PRESSE ................................ 35

CONFESSION .................................................... 39

CONFIDENCE .................................................... 40

CONNIVENCE .................................................... 40

CONSEIL ........................................................... 41

CONSTATATION ................................................ 41

LE CORBEAU ET LE RENARD ........................... 41

COURRIER ........................................................ 43

COURSES .......................................................... 43

LES COURSES À VINCENNES ............................ 44

COUTUMES ....................................................... 44

COW-BOY .......................................................... 45

CRÈCHE ............................................................ 45

CRIME ............................................................... 46

CRISE DE FOI .................................................... 46

DÉCLARATION DE GUERRE ............................. 46

DÉMOCRATIE ................................................... 51

DÉMOSTHÈNE .................................................. 52

DÉSENCHANTEMENT ........................................ 53

DEUIL ............................................................... 53

DICTONS ........................................................... 54

DISTRACTION ................................................... 54

PIERRE DORIS ..................................................................... 54

ÉCRIVEUR ............................................................................ 55

ÉGOCENTRISME ................................................................. 57

ÉLEVAGE............................................................................... 57

ÉLITE .................................................................................... 59

ENNUI.................................................................................... 59

ENTOMOLOGIE.................................................................... 60

ÉPIPHANIE ........................................................................... 61

ERRATUM ............................................................................. 61

ERREUR JUDICIAIRE .......................................................... 61

ÉTHIQUE............................................................................... 62

EXCUSES .............................................................................. 62

EXPÉRIENCE......................................................................... 63

FAIT DIVERS......................................................................... 63

FEMME................................................................................... 63

SERGE GAINSBOURG ......................................................... 65

GASTRONOME ..................................................................... 67

GÉNÉRAUX .......................................................................... 68

GENÈSE................................................................................. 68

JEAN GENET ........................................................................ 71

GENTLEMAN ....................................................................... 71

JOSÉ GIOVANNI.................................................................. 71

JEAN GIRAUDOUX ............................................................. 73

GISCARD D'ESTAING ......................................................... 74

GREC ANCIEN ..................................................................... 75

HERSANT............................................................................... 75

HIGELIN................................................................................. 75

HIMMLER .............................................................................. 78

HISTOIRE................................................................. 79

IIISTOIRES.............................................................. 79

HOMMES POLITIQUES ........................................... 79

VICTOR HUGO....................................................... 80

HUMANISME .......................................................... 80

HYMNE NATIONAL................................................. 81

HYPOCRISIE .......................................................... 82

HYPOTHÈSE............................................................ 82

IMBÉCILES ............................................................. 83

INFORMATION ....................................................... 83

INTERROGATION ................................................... 84

INTRODUCTION...................................................... 84

ITALIE .................................................................... 85

JÉSUS...................................................................... 85

JEUNES.................................................................... 86

JOURS DE FÊTE ..................................................... 87

JACQUES LACAN.................................................... 90

BRICE LALONDE ................................................... 90

CHRISTOPHE LAMBERT ....................................... 91

« LA LETTRE » DE VERMEER................................. 91

BERNARD-HENRI LÉVY.......................................... 93

LIBIDO ................................................................... 94

LION ...................................................................... 95

LIVRE D'OR............................................................ 96

LOGIQUE ............................................................... 98

MATHÉMATIQUES .................................................. 98

MENDÈS FRANCE ................................................... 98

LE MÉPRIS.............................................................. 99

MITTERRAND ................................................................ 100

MONTAND ................................................................... 100

MUSIQUE .................................................................... 101

NATURE ...................................................................... 102

NÉRON ....................................................................... 102

YANNICK NOAH ........................................................... 103

NOËL ......................................................................... 103

NON-SENS ................................................................... 105

OBJECTIVITÉ ............................................................... 105

OBSERVATION .............................................................. 106

11 OCTOBRE 1982 ........................................................ 107

OPINION ..................................................................... 107

OPTIMISTE .................................................................. 108

ORDURES .................................................................... 108

PANGOLIN ................................................................... 108

PEINE DE MORT ........................................................... 111

PIERRE PERRET ............................................................ 111

POINT DE VUE ............................................................. 112

POIROT-DELPECH .......................................................... 112

POLLUTION .................................................................. 113

PORNOGRAPHIE ............................................................ 113

POST-MORTEM .............................................................. 114

POUVOIR .................................................................... 114

PRÉFACE .................................................................... 116

PRÉSENTATIONS ........................................................... 117

PRÉSIDENCE DE LA RÉPUBLIQUE ..................................... 118

PRINTEMPS ................................................................. 118

PSYCHANALYSE ........................................................... 119

PUB ....................................................................... 119

PUBLICITÉ............................................................. 119

RABELAIS ............................................................. 120

RAGE ..................................................................... 121

RAILLERIE ............................................................ 121

RANCUNE............................................................... 122

RÉALITÉ ............................................................... 122

RECHERCHE .......................................................... 123

RECONNAISSANCE ............................................... 123

RÉGIME.................................................................. 123

REISER ................................................................... 124

REMERCIEMENTS ................................................. 125

RITE ....................................................................... 126

ROUTINE ............................................................... 126

ÈVE RUGGIERI ...................................................... 127

RUMEUR................................................................ 128

JEAN-PAUL SARTRE ............................................. 129

SAVOIR-VIVRE....................................................... 130

LÉON SCHWARTZENBERG .................................. 130

SCOOP ................................................................... 132

SHOW-BIZ .............................................................. 132

SÉGRÉGATION ...................................................... 133

SEGUELA................................................................ 133

SEMPÉ .................................................................... 134

SINÉ ....................................................................... 135

SNOBISME.............................................................. 136

SOS-RACISME......................................................... 139

SPINOZA ................................................................ 140

SUBTILITÉ...................................................................... 140

SUPÉRIORITÉ ............................................................... 141

SURPRISE ..................................................................... 141

TALLEYRAND ................................................................ 141

TÉLÉVISION.................................................................. 142

TIERS MONDE ............................................................... 142

TOURISME..................................................................... 143

VANITÉ ......................................................................... 144

JEAN YANNE ................................................................. 144

ZÈLE ............................................................................. 145

Manuel de savoir-vivre
à l'usage des rustres et des malpolis
*Seuil, 1981*
*et « Points », n° P401*

Les Grandes Gueules par deux
*(en collaboration avec Patrice Ricord et Jean-Claude Morchoisne)*
*L'Atelier, 1981*

Pierre Desproges se donne en spectacle
*Papiers, 1986*

Vivons heureux en attendant la mort
*Seuil, 1983, 1991, 1994*
*et « Points », n° P384*

Dictionnaire superflu
à l'usage de l'élite et des bien nantis
*Seuil, 1985*
*et « Points », n° P403*

Des femmes qui tombent
*roman*
*Seuil, 1985*
*et « Points », n° P479*

Chroniques de la haine ordinaire, vol.1
*Seuil, 1987, 1991*
*et « Points », n° P375*

Textes de scène
*Seuil, 1988*
*et « Points », n° P433*

L'Almanach
*Rivages, 1988*

Les étrangers sont nuls
*Seuil, 1992*
*et « Points », n° P487*

La Minute nécessaire de monsieur Cyclopède
*Seuil, 1995*
*et « Points », n° P348*

Les Bons Conseils du professeur Corbiniou
*Seuil/Nemo, 1997*

La seule certitude que j'ai, c'est d'être dans le doute
*Seuil, 1998*
*et « Points », n° P884*

Le Petit Reporter
*Seuil, 1999*
*et « Points », n° P836*

Les Réquisitoires du tribunal des Flagrants Délires, vol. 1
*Seuil, 2003*
*et « Points », n° P1274*

Les Réquisitoires du tribunal des Flagrants Délires, vol. 2
*Seuil, 2003*
*et « Points », n° P1275*

Chroniques de la haine ordinaire, vol. 2
*Seuil, 2004*
*et « Points », n° P1684*

L'Agenda Desproges 2008
*Seuil, 2007*

Tout Desproges
(intégrale)
*Seuil, 2008*

Desproges est vivant
Une anthologie et 34 saluts à l'artiste
*« Points », n° P1892, 2008*

## Audiovisuel

Pierre Desproges portrait
*Canal + Vidéo, cassette vidéo, 1991*

Les Réquisitoires
du tribunal des Flagrants Délires
*Tôt ou tard, CD, 6 volumes, 2001*

Chroniques de la haine ordinaire
*Tôt ou tard, CD, 4 volumes, 2001*

Pierre Desproges « en scène » au théâtre Fontaine
*Tôt ou tard, CD, 2001*

Pierre Desproges « en scène » au théâtre Grévin
*Tôt ou tard, CD, 2001*

Pierre Desproges « abrégé »
*Tôt ou tard, 3 CD, 2001*

Pierre Desproges – coffret
Les Réquisitoires du tribunal des Flagrants Délires
Chroniques de la haine ordinaire
Pierre Desproges « en scène » au théâtre Fontaine
Pierre Desproges « en scène » au théâtre Grévin
*Tôt ou tard, 12 CD, 2001*

Pierre Desproges « en images »
L'Indispensable Encyclopédie de Monsieur Cyclopède
Desproges est vivant (portrait codicillaire)
– Intégrale de l'entretien
avec Y. Riou et Ph. Pouchain :
La seule certitude que j'ai c'est d'être dans le doute…
Les spectacles :
Théâtre Fontaine 1984 / Théâtre Grévin 1986
Les Grandes Obsessions desprogiennes
*Tôt ou tard, 4 DVD, 2002*

Pierre Desproges. Site officiel :
www.desproges.fr

RÉALISATION : NORD-COMPO À VILLENEUVE-D'ASCQ
IMPRESSION : BRODARD ET TAUPIN À LA FLÈCHE
DÉPÔT LÉGAL : MARS 2008. N° 97368 (45763)
IMPRIMÉ EN FRANCE